小島信夫の文法

小島信夫の文法

青木健

Aoki Ken

水声社

目次

III

Ⅳ

I

『抱擁家族』をめぐって

1

久しい間、素足で土を踏むことがない。いま、私が踏みしめて歩くのは、たとえばアスファルトの道、レンガを敷いた遊歩道、滑りやすい人造大理石の地下通路だ。けれども、私の足裏は、湿った土の感触を忘れたわけではない。

何の本で読んだのか。私たちが歩くとき、地面のなかへと埋もれていかないのは、引力と見合うだけの力で、私たちが空中へ飛び立とうとしているからだ、という意味のことが書いてあった。ということは、もし引力という力がなければ、私たちは宙空を浮遊しはじめることになるわけだ。

『抱擁家族』という作品を、何度目かに再読して、私が思い出したのは、そんな言葉だった。

なぜ、私は、その一節を思い起こしたのだろう。

『抱擁家族』一篇は、確かに、現在私たちがかかえている家庭の崩壊の姿を描いている。ここに現れているのは、「家」という引力を喪失した家族が、不様に外部へと浮遊しはじめる光景である。

けれども、それは、この作品が見せる一面にすぎない。この作品は、もっと多面的であり、重層的だ。つまり、作中人物が引き摺る引力も、また一様ではなく、複雑に絡み合っている。

*

『抱擁家族』の初出は、一九六五年七月の『群像』誌上で、東京オリンピックが開催された翌年のことである。それは、ちょうど東京という都市のアメリカナイズが完了した時期と重なる。無論、都市の風景のことだけではない。都市生活者の生活様式全体のアメリカナイズの完了である。

新安保条約が発効した一九六〇年、池田内閣による所得倍増計画と高度経済成長政策が開始されるが、同じ年、カラーテレビ放送もはじまっている。私たちは、そのカラー画像を通して、一九六三年十一月のケネディ大統領の暗殺と、翌年九月の東海道新幹線の開通、それにつづく十月の東京オリンピックとを目撃することになる。

『抱擁家族』が書かれたのは、こうした時代背景のなかでであり、高度成長期の都市のある平均的な家庭がモデルであることは確かだ。

で、『抱擁家族』の書き出しは、小島信夫らしく、いかにも象徴的である。

三輪俊介はいつものように思った。家政婦のみちよが来るようになってからこの家は汚れはじめた、と。

この導入の一節は、四十五歳の翻訳家であり、大学の講師をしている主人公が、「家」という「物神」に固執していることをすでに物語っている。というのは、俊介の「家」への過剰な固執が、「家が汚れる」という被害者意識を生んでいるからである。そして、みちよという家政婦、……妹が米軍キャンプの将校のオンリーをしている女が、三輪家へ「アメリカ」を侵入させる仲介者として登場する。

一九五一年九月のサンフランシスコ講和条約と同時に発効した日米安全保障条約によって、アメリカ占領軍は駐留軍となり、米軍基地は、朝鮮戦争、ベトナム侵攻の中継点へと機能を変えていったわけだが、『抱擁家族』が書かれた一九六五年、アメリカのベトナム戦はすでに泥沼化していた。

みちよが三輪家へ連れてきたのは、そうした状況下の米軍キャンプにいる二十三歳の白人ＧＩである。

妻が後姿を見せて調理台に立っているのを、ジョージの視線が追う度に、いっしょになって視線を送った。俊介は自分のさわぐ心をおさえた。

ここは、妻とジョージとの姦通を暗示させる一節だが、その後でジョージはホイットマンの“To A Stranger”という一節を片言で翻訳する。

わたくし、あなた、トモダチ、なります。
わたし、あなた、さがしていた。
いっしょ、話す、食べる、寝る。

“A Stranger”は、「見知らぬ人」「異邦人」とでも訳せばよいのだろうが、ジョージの片言で訳されたこの詩は、姦通へとつづくこの小説の展開のなかで、いかにも苦い笑いを誘うのである。

この直後、出かけようとした俊介は、「オーバーのボタンが一つ落ちたままになって、尻尾のように糸がぶらさがってい」ることに気づく。

アメリカの侵入によって崩壊してゆく高度経済成長期の家庭を、アレゴリカルに描出したと見える『抱擁家族』が、現在も古びないのは、こうした細部のリアリティーが生きて呼吸しているからである。あるいは、こう言った方がよいのかもしれない。小島信夫は、現実を寓意的に描いたのではない。すでに寓意となってしまった現実を描いたのだ、と。こうした細部の新鮮さがそのことを立証している。

おそらく、小島信夫の新しさはここにあるのだ。氏は、私たちを囲繞している現実に、言葉という触手で触れようとしているのではない。そうではなく、私たちを囲繞している現実そのものが言葉によって紡ぎ出されていることを洞見しているのである。その結果、氏の描く現実は、言葉のもつ抽象性や象徴性を同時に孕むことになるのだ。小島信夫が『抱擁家族』で描出したのは、そのような危うい言葉の構造物としての現実であった。

そして、現実を紡ぎ出す糸車の役割を、みちよという女が負わされている。時子の姦通の事実を、俊介に密告するのは、このみちよなのだ。

俊介は時子がもどってくるのを外に出て待っていた。時子が角をまがってうつむき気味にやってくると、俊介は自分から近づいて、「ちょっと家へ入れ」といった。一刻も早く家の中に入れてしまおうと思った。時子のあとについて家へ入った俊介は、時子の背中を押してソファの上へ倒して「お前、何をした」といった。

ここに引いたのは、みちよの密告の後、俊介が時子を問いつめる場面だが、ここでも俊介の「家」への固執は強調されている。このある意味では深刻な場面で、小島は独特な笑いを導入する。というのは、俊介がこう自問するからだ。「これから何をいい、何をしたらいいだろう。そういうことは、どの本にも書いてはなかったし、誰にも教わったことがない」と。

この笑いは、「こういうときにあんたがわめいちゃ、だめよ」という時子の返答で歪むことになるのだ。

自身の明晰さを、明晰さのままで提出することを恥じる小島は、現実に対して明晰たらんとしたとき、まず笑うのだが、その笑いは乾いていて、喜劇が悲劇へと転じてしまう一瞬を掬い上げる。小島の笑いが一見宙吊りにされているように見えるのはそのためである。この宙吊りにされた笑いについて、小島自身は、こう書いている。それは、「この世の、この時代の流動性、不安定に対する姿勢からくる」ものだ、と。

作家のこの姿勢によって、作中の人物たちは、グロテスクな笑いを強いられ、身もだえし、たえず揺れつづけるほかない。

こうして、時子の姦通の事実を知った俊介は、奇妙な痛みの発作に襲われる。

妙なところがずっと痛んで仕方がなかった。みちよがこの事件を洩らしたときにそうなった。彼の局部がはたかれたあとのように痛むのである。その痛さは下腹部から伝わり、その部分の中の方にこもっていた。下腹部にくる前に、心臓がしめつけられた。たとえば時子が往来へ姿を現わしたとき、時子が、「これは私の家よ」といったとき、「私はあんたのものじゃないわよ」といったときなどに、そうなった。「痛い、痛い、これはどうしたことだ」と俊介は心の中で叫んでいた。

この痛みの発作を、俊介は当の時子に愁訴するという愚行に出るのだが、その部分は、「愚劣さは微細に書く」という小島の文法で、執拗に描かれている。


「ああ、痛い」と彼は声を出した。時子はだまっていた。俊介はまた、

「ああ、痛いぞ」

といった。時子のいる隣りの部屋との間のドアをあけると叫んだ。

「おれは痛いのだ」

時子はちらっと彼の方を見た。そしてじっと俊介のぜんたいを眺めた。

「おれは、ここが痛くって痛くってしようがないんだ」

「見っともない!」

と時子はささやくようにいった。

痛みを愁訴する夫とそれを無視しようとする妻の会話はまだつづくのだが、この笑うべき光景のなかにも、小島信夫が創り出す言葉の抽象性は現われている。

というのは、局部の痛みが、痛みであると同時に一つのメタファーとなっているからだ。俊介は、時子の姦通によって精神的な傷を負っているわけだが、と同時に、妻を断罪する確たる法的、倫理的根拠を持ち得ないでいる。その結果、俊介は、妻をなじり責めながら、離婚へと踏み出すことができず、むしろもう一度「家」のなかへと封じ込めようとするばかりだ。で、俊介の怒りと不快さは空転して内攻するほかなく、内攻した怒りが、精神の悲鳴として肉体の「痛み」となって現われたのである。

けれども、滑稽なことに、俊介は、姦通を行った当の妻時子を鏡としてしか自身の位置を確認することができない。しかも、それは、時子にとっても同じことで、自身の空虚さを照らしてくれるのは、動揺し愚劣な行動に出る俊介のほかにはいないのである。こうして、この夫婦の関係の揺れは増幅するばかりだ。

刑法が改正され、姦通罪と不敬罪が廃止されたのは、一九四七年十月、翻訳された日本国憲法公布後ほぼ一年のことである。このとき、支配する「アメリカ」によって、かつての家父長的家の制度は奪われ、同時に儒教的倫理支柱も喪われたわけだが、それから二十年、生活のあらゆる細部、日常のなかに侵入した「アメリカ」によって、『抱擁家族』の夫婦は、父権と母を喪失した一組の裸の男女、いわば「性器を持った子供」として放り出されることになる。

彼等は、お互いの空虚を確認するためにこそ「抱擁」しつづけなければならないのだ。

花が受精するとき、何か歓喜があるのだろうか。男と女とがしっかりと抱きあうような感覚があるのだろうか。きっとあるだろう、と俊介は嫉妬をかんじながら、思った。

いや、土くれや石にも、何か充実した歓喜があるにちがいない。それならば、さっき寝返りをうったあの時子と自分とは、いったい何ものだろう。この自分は何ものだろう。

カメの中に水があった。水がなぜ気にかかるのだろう。なぜカメの中の、とるにたらぬ水が、そこに在る、そこに在ると思えるのだろう。

これは、時子との「抱擁」が不首尾に終わった後、眠られぬままに、ちょうど「病人が朝を待つように朝を待」つ俊介が、庭を眺めて自問する箇所だが、「愚劣さは微細」に描く小島が、ここでは、実に簡潔に問うている。「この自分は何ものだろう」かと。

俊介がカメの中の水にこんなにも捕われるのは、水の存在感の重みに自身が耐え得ないからである。彼は、自己を見喪い、カメの中の水を眺めながら「俺の肉の中に俺がいない」と呟いていたにちがいない。そして、俊介は庭を離れ、「いつの間にか、時子のそばに来ている自分を発見」する。因果なことに、俊介は、時子との関係においてしか自己を確認することができないのだ。
しかも、その関係の糸はすでにほころびようとしている。で、俊介は、「自分の中に変化がおこっている」ことに気づくのだ。つまり、俊介は、時子という女の「まぶしさに圧倒されている」自分を発見する。

俊介は時子の血管の中の流れから、それが皮膚にもたせるつやから、しぼんだり開いたりするマツ毛の動きから、首筋から肩へ流れる骨組から、ゼイ肉を適度につけて二つか三つヒダを作っている下腹部から心持ち大きさの違う二つの乳房から、しっかりした足をもった比較的長い脚などを造物主のような気持で眺め、自分の手を離れて独り立ちした人間の重さにおどろいた。

俊介の驚きにもかかわらず、時子自身に何か変化が起こったわけではない。変わったのは、俊介と時子の関係だけである。二人の関係の糸が切れかけようとしてはじめて、俊介は時子に女を認めてたじろいだのだ。で、再び俊介は思う。「家の中をたてなおさなければならない」と。

では、俊介は、そのために直ちに何か行動を起こしたであろうか。いや、彼は、くどくどと姦通の理由を時子に問いただすだけだ。たとえば、彼は、アメリカへ行くとき同伴しなかったことへの腹いせが理由ではないか、と時子に訊いている。

「はっきりしときたいけど、ほんとに連れて行かなかったから、お前はそうしたのか。お前はお前でアメリカを家に入れるつもりであのチンピラをひきずりこんだのか」

「そうよ、その通りよ。あんたがそう思うんだからそうよ。あんたは彼がきたとき、そう思ったでしょう？　だから私はその通りになったのよ」

時子が、「あなたがそう思ったから、私はその通りになった」と言うのは、何も居直りではない。私には理由などないと言っているだけだ。結局、あなたの現実は、あなたの言葉のなかにしかない、と。
こうして、俊介と時子は、お互いを誹謗し合いながら、奇妙な共犯関係、奇怪な仲間意識を作り出していく。
この憎み合う共犯者は、ついに当のジョージに会いに行くのだ。姦通の現場を再現するために。いかにもスリリングで、どこか滑稽な会合ではないか。

俊介はその夜のことを一つ一つ時子の口からいわせては、相手に通訳しはじめた。それに対する答えは、一つ一つみんなくいちがっていた。長い間、時子がベッドにいて愛撫をうけたことだけはまちがいなかった。

時子とジョージが語る姦通の細部のくい違いは、どちらかが嘘を言っているということではない。このくい違いは、二人の男女が触れている現実の差違なのだ。現実が言葉によるもろい構造物でしかない以上、言語を異にする二人の現実は、必ず微妙なずれとして現われるほかないからだ。

二人の間で通訳をするこの笑うべき存在の夫は、ついにジョージに手を出し、「よしなさいよ」と妻に制止されたりする。

再び、俊介は時子の会話をジョージに通訳する。「私は私で責任を感じるが、あなたは責任をかんじないか」と。

ジョージの応えはこうだ。「責任？　誰に責任をかんじるのですか。僕は自分の両親と、国家に対して責任をかんじているだけなんだ」

このとき、俊介が激昂して相手を突くのは、江藤淳が指摘するように何も自身の国家意識の不在に気づかされたからではない。そこに、他人の女房に何故責任を感じなければならないのかというジョージの皮肉を読み取ったからだ。

小島は、ただ、時子とジョージの現実把握のずれを、滑稽なまでに拡大して見せているだけである。

で、この滑稽化と釣り合うかたちの言葉を、小島はもう一つ案出する。

この奇妙な会合の最後で、俊介は、ジョージに向って自分でも「思いかけない言葉」をわめくのだ。

「ゴウ・バック・ホーム・ヤンキー。ゴウ・バック・ホーム・ヤンキー」と。

一九六〇年代、反基地、反ベトナム戦へのスローガンとして、街頭で、あるいはデモ隊によって繰り返されたシュプレヒコールが、思わず女房を寝取られた中年男の口をついて出る。小島は、すでに政治的な記号となってしまったこの言葉を、いわば詩的イロニーのように反転させることで、歪んだ笑いの揺れを増幅させ、言葉の捩れたリアリティーを回復させるのである。

現実のずれと歪みと捩れを、小説の言葉としてどう記述し、定着させるか……。小島の方法の中心はここにあった。小島作品の、笑いによって貫かれた特異なリアリズムは、こうした言葉の反転のなかから生まれるのである。

これこそが、決して直線では描けない現実に対して、いつも明晰であろうとした小説家が選んだ方法であった。

そして、妻の姦通の発覚ではじまった『抱擁家族』第一章は、俊介の見る不吉な夢の場面で終わる。

それは、こんな夢だ。

シカゴかニューヨークの街を、俊介は帽子をかぶった妻と歩いている。すると、どこかの拡声器からアナウンスが響く。二人の子供達の死刑が、あと一時間後に執行されるというのだ。

まるでカフカの小説の一節を想起させるような夢の中で、「減刑」のために運動しなければならない俊介は、なぜかキャラバン・シューズを買う。そして、「何かのために歩かねばならなかった。そうさせたのは、妻だ」と、俊介は思うのだ。この買物のせいで、減刑を嘆願する場所へ着いたとき、すでに一時間は経過していて、俊介は号泣しはじめる。

この場面は、夢の不整合性を際だたせて見事というほかない。

結局、俊介は、その「吠えるような泣き」声によって、隣室の時子によって起こされるが、一体この不条理な夢は、何を暗示するのであろうか。無論、俊介が怯《おび》える家族の解体の危機意識と読むことはたやすいが、妻の姦通によって、俊介が自身を理由もなく罰せられた者と意識しているからだと思えなくもない。

この夢の持つ意味は大きいと思うのだが、この不吉な夢の挿入を、評家ほほとんど黙殺している。彼等は、『抱擁家族』に社会の産業化による自然の喪失と母の崩壊を見、この姦通事件に、日本の「アメリカ」による侵犯のアレゴリーをのみ読みすぎている。

そして、そのことを、もっとも危惧していたのは、作者自身だった。小島は、『抱擁家族』の創作ノート「第一章」のなかにこう書いている。「アメリカ人をもってくることは、じゃまになりはせぬか。これは現代の問題、我国の文化の内容からして、かえって必要」と。

第一章の末尾に、小島が、この死刑の夢を置いたのは、第二章に現われる別のかたちの「死の宣告」を導くための不吉な橋渡しであったかもしれない。

で、私は思うのだ。小島は、第二章以降をこそ、「愚劣さは繊細に書く」という氏の方法で、より十全に描き出そうとしたにちがいない、と。というのは、第二章以降のこの家族の揺れと狂いは、「死」という引力を得て、より鮮やかな断面を見せてくれるからである。

作者は、カフカについて述べたエッセイ「消去の論理――カフカにおける抽象性について」の次の一節のように、この家族の些事に対して身構えている。

　彼は些事に執着する。彼は些事の陥罠をおそれ、警戒し、合戦の用意をととのえる。些事の迫るのをうち眺めながら鎧の紐を結ぶのである。一種のトウスイ。

2

『抱擁家族』の作品構成が、どこかシェイクスピアの悲劇「マクベス」のドラマトゥルギーを思わせるのは、みちよという女の存在があるからである。みちよはちょうど「マクベス」の魔女《ウイッチ》のように、作品の展開の節目節目に現われて、俊介とその家族を引き摺り廻すのだ。

この作品は、主人公の耳許でみちよが妻の情事を囁くところから動きはじめる。もし、みちよという女の存在がなければ、妻時子の情事は、俊介の妄想のなかの出来事として、出口のない疑惑のままで終わったかもしれない。

みちよの密告によって、俊介の疑惑、俊介の狂気の暗がりが、現実の陽光のただ中にさらけ出されるのだ。

で、『抱擁家族』第二章もまた、第一章と同じようにみちよについての俊介の述懐からはじまる。「みちよがいたから、おれの家がもっていたのではないか」と。

自分たち二人が化物のように見えてくると、俊介はそんなふうに思った。
身体中に針をもっていて、互いにつきさしあうように感じられた。しかし気がつくと、それは針ではなくて、別のものであるようにも思えた。

ここで俊介が嘆いているのは、互いに傷つけ合うことでしか関係を維持できなくなってしまった夫婦のかたちではない。傷つけ合うことによってすら奇妙な仲間意識を作ってしまう夫婦の不思議を言っているのである。けれども、その不思議さは、日常のなかでは隠れていなければならない性質のものだ。それが、妻の姦通によって、日常の破れ目から露呈してしまったのだ。

そんなとき、俊介は、時子のある変化に気づく。「何かしら醜悪な淀んだもの」、時子の発散する一種の「老いのにおい」に……。

けれども、俊介は、これが、時子の肉体の病いが発する一つのサインであることには思いいたらなかった。

とにかく、俊介にとっての急務は、家族関係の修復なのだが、最初彼が提案したのは、時子と娘のノリ子と三人で映画を見に行くという非常に些細なことであった。

そして、そんな提案にもかかわらず、俊介は、妻の姦通にこだわっている自分を発見するばかりだ。

バスの中での俊介には、「これが私の妻です。ああいうことがあった私の妻です」と叫びたがっているものがあった。そのくせ、一言でも彼女を咎めるものがあるとすれば、なぐり殺しかねなかった。

ここには、すでに狂いはじめている俊介がいる。また、映画の後、食事をする店を決められないことで時子を不快にさせてしまった俊介が、車を拾おうとする次の場面では、すでに一人の強迫神経症患者の姿が現われる。

俊介は、他人より車を早く拾って家族を乗せるというたわいもないことに、実に懸命になった。まるでその一つに失敗すると、とりかえしのつかないことになるといったような、もう永久にだめになってしまうといったような切羽つまった気持だった。

だから、これから私達がつき合わされるのは、俊介という曲率に狂いを生じたレンズによって映し出される、この夫婦と家族との日常である。つまり、彼等の現実の歪みと捩れと亀裂は、一回り拡大されたかたちで私達の眼前に展開されるのだ。

だから、私達は、作者とともに、この家族の些事に対して身がまえなければならない。時子を不快にし、苛立たせただけに終わった映画行きから帰宅したとき、時子は俊介を非難してこう叫ぶ。「ああ、あんたは、私を家の中へ連れもどしたあ」と。

　俊介の「家」という物神へのこだわりは、いつか時子へも伝染している。無論、時子は俊介のように「家」を守ろうとしているわけではない。俊介の「家」への過剰な固執が、「私」を閉じ籠めると非難しているだけだ。

　けれども、その「家」は、みちよが不在となったいまも、時子の体調の不順によって「ザラザラ」と汚れている。そして、そのことに苛立つ時子のために、俊介は新聞広告で新しい女中を探すことになるのだ。

ある日、自分の神経が「樹木の枝の尖端のように」細くなっていると感じる俊介は、医者を訪ね、神経を癒すための注射を打ってもらうことで自己を回復しようとする。

このとき、「お互い神経をいためあったのですか。どうして私どもの夫婦だけ、そうなるのでしょう」と、俊介は医師に尋ねている。

医者は、「いくらでもいますよ。何をいためあったかどうかは分りませんが」と答えるが、この医師は俊介を冷たくつきはなしているわけではない。あなたたち夫婦が陥った柔かい罠、それは特別のケースではなく、ごくありふれたケースにすぎないと言っているのである。

俊介は自分が打ってもらった薬液のアンプルを二人分持ち帰り、時子の太股に打ち、自分にも打った。そして、「何だって、そんなに夢中に、一生懸命になるのよ」と、再び時子に非難されるのだ。

俊介が、こんな些細なことに夢中になるのは、自身の空しさ、不確かさを埋めようとするからにほかならない。そして、結局、彼は、再び「家」へと向うほかない。
　といっても、俊介が固執しているのは建造物としての家ではなく、「家」という暗喩なのだが、俊介は、結局、建造物としての家にこだわることでしかそのことを現わすことができない。そして、そのことが、俊介の行為を空転させるばかりだ。

　そのうち、どうしても、ああしなければならないと思った。そう思うと活路がひらかれたように彼は感じた。今こそ、と思った。そこで部屋のドアをあけて、大事件のケリをつけるようにとび出して行った。

　そこで、俊介はこう思うのだ。「おれは三輪俊介ではもうなくて、ただの石ころよりも劣る」と。
　この異様な高揚感、その切羽つまった決断の調子は、俊介が壊れてしまった夫婦関係の回復に対して憔悴していることを現わしている。が、ドアを開けとび出して行った俊介が時子に告げるのは、何のことはない、「この家にもっと大きな塀がほしい」というたわいもない一言にすぎない。

滑稽なのは、何も彼の提案が卑小すぎるからではない。彼の陥った罠の抽象性が、言葉として現われてこない、そのことがオカシサを誘うのである。

「塀？」

と時子はもう一度呟いた。闇の中から光をさぐりあてるように一歩一歩と彼女が近づいてくる気配がした。

こうして、この夫婦は、「家」というものに偽の光明を見つけようとして空しい夢を描くのである。二人の会話は、新しい土地での新しい家の設計へと展開していくのだ。アメリカ式のセントラル・ヒーティングとルーム・クーラーのあるホテルのような家を建てることへと……。

しかも、俊介は、「いつのまにか、楽園が家の中に出現する」という幻想を抱く。

この「家」という物神への夢は、俊介と時子の現実からの逃避にすぎず、壊れかけた夫婦関係の回復へとはつながってはいかないのだが、二人は新しい家に熱中するほかにすべを知らないのである。

で、彼等の空しい夢を砕くために、時子の癌という現実が立ち現われる。

俊介が、時子を抱いて、その腕に唇をあてていると、彼女は眼をあけて、彼をおしのけた。

「ちょっと、そこのところ、そっとさわってみてよ」

「ここ、ここだね」

「いたい！」

時子は顔をしかめた。

彼女は両方の乳房を彼の前に出した。それを愛撫しながら、

「だって、こんなに豊かではっているじゃないか。とてもいいお乳だよ」

と俊介は昂奮していった。

「豊かではっている」乳房の奥で癌細胞もまた音もなく成長していたのである。

小島信夫は、創作ノートにこう書いている。「この夫婦は心が病んでいる。それが肉体にあらわれる、乳ガン。乳ガンが事件の原因なのかもしれない。だから一層困る（むしろこのことを書く）」と。

二重螺旋構造を持つエゴイスティックな遺伝子が、複製を作るときに起こす偶然のミス……癌という病いはそのことによって発症する。つまり、癌自体は誰にでも起こりうる病いだ。その癌を、小島は一つのメタファーとして、この家族に背負わせている。

だから、時子は姦通のペナルティとして癌に患るのだ、という批評は、原因と結果を取りちがえている。そうではなく、全てに先だって癌の発症があったのだ。姦通の後で癌が発覚したのは、偶然発見が遅れたにすぎない。隠されていた現実が、ある裂け目を得て現われたのだ。

俊介は、手術後退院する時子に付きそう車の中で、こう自問する。

「なぜこの病気がおこったのだろう。なぜあのことがおこったのだろう。この病気のために、あのことがおきたのだろうか。あのことと病気とは何のかんけいもなかったのだろうか。二つとも、おれのせいなのだろうか」

小島は、「家」を家族のメタファーとして提出したように、「癌」という病いを、もう一つのメタファーとして描き出している。つまり、「病める夫婦」の暗喩として……。

といっても、小島は、作品のなかで乳癌を決して抽象的に扱っているわけではない。第二章から第三章へかけて描かれるのは、乳癌のため手術入院、退院、再手術を繰り返す時子を中心とする家族と病院と新築された家での厄介な日常である。病状の経緯は格別克明に追われているわけではないが、病人の日常と病院生活の些事は、そのときどきの「現在」の特異な歪んだ拡大鏡のような視線で微細に映し出される。ここでも、「愚劣なことは微細に書く」という小島の文法は守られているのだ。殺されているのは感傷という曖昧な心性である。

たとえば、手術の後の夫婦のやりとりは次のように記述される。

「ねえ、あんた、少し足もとをなおしてよ。私、インディアンみたいなかっこうをして、手術台の上にいたかと思うと、まったく恥ずかしくなっちゃうわ」

彼女は手術用の腰巻のことをいっているのだ。その腰巻はすっかりズレて、まる裸になってしまっていた。彼はなるべく時間をかけてなおしながら、そのスキにおなかの上に接吻してやった。

私はこの一節が好きなのだが、小島はこの感傷へと向う心の傾斜をはぐらかすように時子にこう言わせている。「私、いまそんな気ぜんぜんないのよ。でもあと三週間しておフロへ入って、それから出来るのよ」と。

こうして、一瞬にして感傷は笑劇へと反転する。

この場面は、時子という女性の独特の心性を現わしてもいるが、私小説的な感傷への小島の批評でもあるのだろう。

『抱擁家族』が、難解なのは、言葉の抽象性そのものによって作品が紡ぎ出されているからだが、同時にこの作品が、過去の小説、たとえば、『明暗』や『暗夜行路』への批評として書かれているからである。そして、とりわけ、この作品は、「私小説」への意地の悪い批評を孕んでいる。

そのために小島が採用したのは、あくまで自身の日常の細部を作品の中に取り込むという、いわば毒をもって毒を制すという方法であった。

*

一九五七年四月から一年間、小島はロックフェラー財団の招きで渡米、アイオワ、ルイジアナ、ニューヨーク、フィラデルフィアに滞在した。小島がアメリカ滞在中に目撃したのは、「アメリカ人のノイローゼ的生活」であったが、帰国後、それが六〇年代高度経済成長期の日本人の家庭に現出していた。おそらく、『抱擁家族』一篇の発芽は、このときの小島の驚きから生まれたと言ってよい。しかも、小島は、ほかでもない自身と自身の家族を作品の素材とすることを選んだ。

小島が『抱擁家族』の原型「いつかまた笑顔を」を書きはじめたのは、一九六一年春のことだが、おそらく、妻キヨの乳癌は、この頃発覚していたのではないだろうか。

同じ年の九月、国分寺町に建築中の家に転居するため、小島一家は、一時国立市の見心寮に住む。妻キヨが、乳癌の手術をするのは、翌十月、新居建築中のことである。そして、一九六二年四月、国分寺の新居に転居。この転居後、妻キヨの癌が再発、五月と十月、二度の再手術を受けている。キヨの死は、一九六三年十一月のことであった。

家の新築と妻の乳癌の経緯……その三年間の時の経過は、作品『抱擁家族』の背後にそのまま流れ込んでいる。

といっても、小島は、自身の私生活上の出来事をそのままなぞっているわけではない。家の新築も転居も、妻の癌の発覚から手術、再発への経緯も、全てはまず一度ジグソーパズルのように細部を解体し、新しく構想された作品として再びパズルのチップの一枚一枚のようにはめ直していったのである。で、完成した作品の図柄は、私生活とは全く別様の世界を作り出していたにちがいない。一九六一年に一度中断した『抱擁家族』が、一九六五年に完成するまでの四年間は、いわば作者の私生活が、一度解体し、作品へと転位するために要した時間だった。

私生活上の事柄を追っていながらも『抱擁家族』が、いわゆる「私小説」作品でないのはそのためだ。第一、「私小説」には、『抱擁家族』一篇が持つ言葉の抽象性などは存在しない。と同時に、「私小説」が持つ中心としての「私」の位置が、『抱擁家族』からはすっぽりと脱け落ちている。というのは、主人公俊介が、妻や子供たちの反射にすぎないという、いわば「関係のゆらぎ」を認識しているからである。私が、『抱擁家族』は、「私小説」への批評として書かれているというのはこのことだ。

小島自身、あるエッセイでこう書いている。

私たちは「私小説」にあきたらないのは、いわゆる「私小説」的世界に生きてはいないからだ。周囲との関係を意識することで、私の位置を確かめている暮し方なのである。

つまり、小島はこう言っているのだ。「私」とは、関係によって決定される任意の一支点でしかない、と。

小島が、作品の主人公として、必ず「小不具者」的人物を選び、その人物をいわば、低い場所に置かれた凹面鏡のようにして現実を映し出そうとするのはそのためである。そのことによって、「私」の「関係としてのゆらぎ」は、より歪《いび》つな形で拡大されることになる。

再び作品へと戻るが、俊介たちがバラ色の夢を描いたアメリカ式の新居は、雨が漏り、個室の多い設計は、逆に家族をバラバラにするばかりだった。つまり、アメリカの移入が起こした生活上のずれと狂いのアレゴリーがここにはある。俊介は、「特別製のパテを亀裂に塗りこんだり、花壇の箱をこさえたり、暇さえあれば家のことにかかりきって」いるという有様だ。

しかも、四月に転居したその新しい家で、時子の癌は再発する。

「ここのところちょっと押えて見て」
「どこ？　どこだね」
「かたいものがあるでしょ」
のこった僅かなうすい筋肉のところに、また一つ何かかすかに盛りあがってきているものがある。

で、再手術は、ごく簡潔にこう書かれている。

数日たって外から俊介が帰ってくると時子は胸をおさえてやすんでいた。

「また切ったのよ」

といっただけで、彼の眼をつきさすように見つめた。

「眼をそらすな」

といった。


この後、俊介が微笑をもらすと、時子は彼を近くへ呼んで切除した部位を教え、不思議な力で、「天井をむいている健康なもう一つの乳房」を触らせようとするのである。この作品で活々としているのは、こうした細部だ。

そして、夏のある日、この物語を紡ぎ出す魔女みちよが新居に現われる。ひとまわり肥ったみちよは、十歳になる男の子を連れ、「ごりっぱなお家が出来まして、おめでとうございます」と俊介に挨拶する。

で、俊介は、すでに正子という若い女中がいるにもかかわらず「どういうものかこの女をもう一度、家へ連れてくるわけには行かないかしら」と思ったりするのだ。俊介は、いつの間にかみちよに依存しているのである。

　みちよが遊びに来たことから、除隊して貿易商社に入ったジョージの話題となり、いつか、この新居にジョージを呼ぼうという話になる。その発案者は、やはりみちよなのだが、時子も「来ないなんていわせないわよ」と言い出し、俊介は、時子の気持をつかみかねるのである。

　ジョージを呼ぶという提案は、俊介にとっては不快なものではないか、と思われるのだが、このとき、俊介は、実に独創的な自問自答を展開している。

> 　みちよの前で、もしこだわるならば、夫婦が依然として不和のままにいるという証拠を見せることになる。あの男が来るのなら、こっちも平気で受け入れるのが、一番いい。あの行為が何だというのだ。場合によっては、おれたち夫婦があいつに詫びなければならないともいえるではないか。もし来いと誘うなら、先方に断わらせてはい

けない。なぜか知らぬが、そう思える。第一、時子が自信を失うだろう、片方の乳房を切ってしまった彼女が。

ここには、時子やみちよ、そしてジョージたちの関係の網の目によって絡め取られてしまった俊介がいる。小島はこう言っているのだ。他者との錯綜したむすびつきの網の目として「私達」は存在する、と。俊介が、憎んでいるはずのジョージに親しみを感じるのはそのためである。

俊介は何か生甲斐をかんじた。憎んでいる相手が顔を見せる、ということの血なまぐさい快感なのだろうか。それもあるが、それだけではない。何か自分にかぎらず一般に人間が生きているということを感じて、ジョージに、一種の親しみをおぼえるからである。

ジョージを誘うことに賛意を表した俊介を、時子は、「あんたも大人になったじゃない」と言ってからかい、「家長として、堂々たるところを見せなくっちゃ」といって、俊介の腰を一つ二つ叩いたりする。

けれども、俊介は、このことを別に平然と受け入れたわけではない。受け身の自分にバネをつけるつもりで前へと一歩踏み出したにすぎないのだ。俊介はやはり、ジョージとの情事にこだわりつづけている。

そこで彼女を抱いて口づけをした。

口づけの嫌いな彼女は、すぐ顔をそむけた。この女はジョージとはいったいどんなふうにして、ジョージの口づけをこらえたのだろう。ジョージの口づけには喜んだのかもしれない。

「日本人がなめられてはかなわんよ。あれくらいのことで」

時子のいうことは、実にもっともな気がする。もっともだ、と思うと俊介は瞼《まぶた》に涙がにじんできた。

ジョージを迎える日、時子は気分が高揚し、苛立った。結局、術後の時子は、ジョージを招待したことで疲れてしまうのだ。

ジョージに泊まるように言ったのは俊介だが、疲れの出た時子は「泊めることはなかったのよ」と非難するのである。その非難が、夫としての演技を通していた俊介を意地悪な気持にさせ、おそらくは自身でも意図していなかった言葉を口走る。

「お前、よかったら、二階へあがって行ったら、どうだね。おれはかまわないぜ」

夫婦の部屋の直ぐ上のベッドでジョージは眠っているのだ。

こんな屈折したやりとりの後、俊介は、疲れ切った時子を明けがたまでさすりつづけることになる。

こうして、ジョージを招くという些事を微細に描いた小島は、時子の三度目の手術を、ただの一行で書く。「その秋、時子はまた手術をうけた」と。こうした文法こそが、現実の軽重を計る小島のしたたかな目盛りである。

ついに時子の癌は転移するが、そのこともごくさりげなく俊介の会話のなかで読者に知らされるにすぎない。

で、転移のために担当のK博士が授けた治療法は、男性ホルモンを投与するという方法であった。

次に引用するのは、K博士と俊介との治療法についての会話である。


「相当延命できますよ」

「延命ですか」

と俊介は眉をよせながら、ぼんやりいった。

「一年も延命、三年も延命、二十年も延命のうちですよ。長い延命にするつもりになるのですね。早い話が糖尿病だってそうですよ。たいていの病気は治ったといっても、延命しているだけのようなものですよ。われわれだって延命じゃありませんか、三輪さん。まだ何かききたいことがありますか」

つまり、このK博士の言葉こそが、小島が癌という暗喩にこめたかった意味だった。この箇所とちょうど釣り合うかたちで、小島は「創作ノート」にこう書いた。

この小説はある意味では、西洋ふうにいえば「死にいたる病」つまり神のない心の病気が主題。「人間は、私たちは、私は、生きているが死んでいる」この小説の続篇が書ければ、「人間は、私たちは、私は、果して生きられるか」ということになる。我々は延命しているだけだ。

『抱擁家族』一篇の中心で鳴っている言葉がこれだ。「私たちは、私は、生きているが死んでいる」と。

第一章の終わりで、俊介が見る子供たちの死刑を予告する夢は、ここでK博士の言葉と響き合う。私たちを引き摺っている「死の引力」としての「死刑」と「延命」という言葉が……。

こうして、作者は、アメリカの侵入による家庭の崩壊という時代の表層から、些事の堆積の果てに、私たちの生存の深層へと下りていく。

俊介から癌の転移を告げられた時子は、彼女がいままで一度も口に出さなかったような言葉を呟く。「考えてみれば虚栄心でいろいろなこと思ったり、してきたのね。くちおしいことをしたわね。今となると、くちおしいなあ」と。

俊介は、時子のこの言葉に動揺する。それは、時子が弱音を吐いたからではなく、時子の死を切実に感じたからである。

彼は、階下の一家団欒のために作った居間にひとり座り、「彼女との長い生涯で、はじめて嗚咽」する。

そのとき彼は眼の前のテーブルの上に小さな水溜りを見出した。そこをじっと見ていると、水溜りをはねのけるようにして、天井から水が落ちてきた。雨は降っていない。昨日の雨がたまっていたのだろう。

『抱擁家族』には、作品の記述にいくつもの言葉の層があって、それがいわば地層の断面のように時折現れてくる。そして、その一番低い層に、まるで地下水のように「水」が現れる。けれども、その水は、流れ出しはしない。第一章では、その最下層に現れたのはカメの中の水であり、ここでは雨漏りの水だ。いわば閉じ籠められ、行き場所を喪った生命として、これらの水は作品の中に現れるのだ。

三日に一度男性ホルモンを打ちつづける時子は、色が黒くなり、口ヒゲが濃くなっていく。そして、自身の残り短い生命を縮めるように俊介に抱擁を求めるのだ。

ヒゲが彼のそりあげた口のあたりに食いこんできた。それは下の方の部分もおなじで、自分の毛がおしつぶされた。突起しているところが、嘗《かつ》てないほど大きくふくらんでいた。そのふくらみに彼女は堪えかねていたと見える。こんなふうに彼に愛撫されることをひとえにのぞんでいる姿は見たことがない。訴えるようで、優しくて、ほとんど泣いていた。

投与される男性ホルモンの影響で、ヒゲや体毛に男性性のきざしが現われ出した時子は、皮肉なことに、はじめて女であることの性の愉悦を味わうのだ。生が喪われようとしているそのときに、時子は自身の生を輝かす。燃えつきるロウソクが、最後にもっとも赤い炎をあげるように……。

そして、この性のいとなみの最中《さなか》に、時子はまるで「三文雑誌のどこかに書いてあるような」言葉を口走る。「こういうものとは、知らなかったわ」と。

これは悲劇を一瞬のうちに笑劇《ファルス》へと反転させてしまう小島の特異な方法だが、と同時に、小島の明晰すぎる眼は、再び現実の細部へと注がれる。

入れ歯が彼の舌をかみ、彼の歯にぶつかりあった。整形手術をし、もうその効果もとっくに失われてしまい黒ずんだやせた皮膚というより皮のような頬が彼の頬をこすりつけた。ずっと目をつぶっていた彼は、そのうち目をあけた。白髪をまじえた、前より一層ふとくなった毛が目の前にあった。額に汗のつぶがうかんでいる。

小島の作品の奇妙な笑い、いわば宙吊りにされたユーモアや暗喩やアレゴリーが見せる言葉の抽象性……こうした表現水位の多層性の底には、酷薄とも見える小島のリアリズムが横たわっている。小島は、言葉の錯綜した構造物である現実へ届かせるために、小説の言語を幾層にも用意している。歪みは歪みとして、捩れは捩れとして、ゆらぎはゆらぎとして描く。それ以外に作家の明晰さはない。そして、時子の皮のような額に光る汗も、もう一つの水だ。肉から落ちる雫だ。

一方、俊介は、この性交の間にも、いや性の行為の最中《さなか》だからこそ、ジョージへのこだわりを自問する。「あいつは日本人の身体を軽蔑したのではないか。情のうすい時子の身体に失望し、馬鹿を見たと思ったのではないか」と。

抱擁の後、時子は「快楽のせいか、息切れのせいか」あえぎ出し、俊介は近所の医者へと走るのだ。「六月の陽の光が溢れているうつろなデコボコ道」を。そして、走りながら、俊介は、あえぎながら時子が呟いた言葉が急に分ったような気がする。それは、「あなた、あなた」と言ったように聞こえたが、そうではなく、時子は「神様、神様」と呟いたのではないか。

第一章の頂点にある言葉が「死刑」だとすれば、第二章の頂点に位置するのは、この「神」という言葉だろう。どちらも、作品が微細に描く愚劣な夫婦の日常から、いわば予想を裏切るかたちで立ち現われてくる。しかも、「死刑」と「神」とは、作者にとっては二つの言葉ではない。一つの言葉の両面だ。十字架というメタファーが現わす両面だ。

けれども、小島は、この二つの言葉を明示しているわけではない。「死刑」は愛の場面に現われ、「神」は、あえぐ時子の呟きのなか極めて不明瞭に発せられる。現実は明示すれば隠れ、隠そうとすれば曖昧さのなかから姿を現わす。それこそが、曖昧さを明晰に描く作家のもう一つの文法であった。

3

小島信夫は、「『抱擁家族』ノート」第三章の冒頭を次のように書き出している。

「病院の中は書きにくい」と。

小島がここで言っているのは、無論病院そのものの内部のことではない。時子が最後の入院をする、その病院での日常が書きにくいと言っているのである。

末期の癌で入院中の主婦が病室から動けないとき、家族の日常は、その病室を軸として展開されざるを得ない。新しい「家」……アメリカ式のセントラル・ヒーティングと個室の多い防音効果のあるガラス張りの家、その中で解体していく家族を描いてきた小島は、第三章へ来て、いわば病院という外部で、「家族」という内部をどう描き出すかについて悩んだにちがいない。
一つの言葉が、ある事物、ある名辞を指示すると同時に、別の象徴性をも帯びてしまう小島の文体では、「家」という象徴が現われない病院は、確かに一つの障害であったろう。
そこで小島が選んだのは、病室での時子の日常、病室へ通う俊介の日常の些事に執拗なまでにつき合うという方法であった。つまり、日常が眼前で奇妙な揺れを見せ、些事が不吉な歪みを拡大させるまでに執拗にという意味だ。

一つとして些事でないものはない、一つとして日常でないものはないものの連続の中で、普通の意味での、つまり見えるようにする意味の造型を放テキして行く彼の文章は、それこそ、黒い緊張といったものを要求することは事実だ。

ここに引いたのは、「消去の論理」と題した小島のカフカ論の一部だが、小島もまた、『抱擁家族』第三章で、「一つとして些事でないものはない、一つとして日常でないものはないものの連続」を執拗に追う結果、読者に「黒い緊張」を強いてくるのである。

*

時子が、最後の手術のために入院したのは、「最初K博士を病院にたずねてから、ようやく二カ月近くたった、七月の初め」だった。

彼女は、病室に扇風機、テレビ、小型冷蔵庫などを運びこませ、足りないものを俊介に買いに走らせたりした。

こうして、病室でのわがままな時子の言動は、看護婦たちの非難の的となるのだ。

俊介は、「毎日、一時間か二時間で帰るように」というK博士の忠告にもかかわらず、昼食前に来て夕刻まで病室にいりびたった。時には九時までいることもあった。つまり、一日のほぼ大半を、彼は病院で過ごすことになる。

手術後、新しい薬の治療のため食嗜不振におちいってリンゲル注射と輸血が施された時子のために、彼は、彼女が不意に思い浮かべる食物を捜して街へ出かけたりするのだが、時子は顔をしかめるだけで食べようとはしない。

そんなある日、家に帰った俊介は、急に思いたって庭の梅の実をとる。梅酒と梅干をこしらえるためである。そして、彼は、なぜそんなことが忽然と頭に浮かび、実行にうつしたのかが、自分でもよく分からなかった。

しかし、俊介のこの奇妙な行動が、時子という主婦の不在から来ていることは確かなことだ。俊介は、不意に時子の眼で家の中を見、家族を見ている自分に気がつくことがあるからである。

時子の不在は、女中の正子や息子の良一にも微妙な変化をもたらしていた。


正子が、うきうきし、良一がそれにのって解放されたようになるのを、俊介はきらった。時子がいないだけで、ほっとするものが俊介の中にある。それが良一の中にあるのは、俊介は許せなかった。良一には不幸感をあたえておかなければいけない。

俊介は、病んだ母の不在を嘆く息子を見たいのである。ありうべき「家族」とは、そうでなくてはならない。

食嗜不振におちいった時子は、体力が衰弱し歩行すら困難になっている。といっても、小島は、時子の病状の変化、衰弱の状態を詳細に説明するわけではない。時子や俊介の病院での日常の些事のなかで、それは、さりげなく読者に気づかせるといった具合に描かれている。時子の衰弱は、くぎりくぎり途切れがちに話す会話や、良一が廊下で目撃する「揺れながら、水の中を歩くように」やって来る姿として描かれるばかりだ。

たとえば、時子は、自分では胃潰瘍だと信じている西瓜を食べに来た癌患者の老婆に、あえぎながらこう語るのだ。

「最初から、何でもないのに、切り、まちがえて、そのうえ、放射、線を、かけた、もんだから、それで、胸が、ただ、れて」と。

といっても、病院での日常は、時子の病室の中でだけ繰りひろげられているわけではない。他の病室の患者や、その家族の様子もまた、見え隠れしながら、時子と俊介の日常のなかへと侵入してくる。

時子は、K博士に禁止されたにもかかわらず、脳腫瘍で死期が近い大谷という女性患者の病室三六七号へ立ち寄ったり、その附添婦に自分の食事を食べさせたりした。このように、時子は、なぜか他の患者の情報を知りたがった。

俊介は、その大谷という患者の夫に廊下で行き会うと、「軽くあいさつするか、何事かにとらわれているような顔をわざとするか、するのであった」と小島は書いている。

ある日三六七号を通りすがりにのぞいてみた。すると千羽鶴が天井からさがっている。千羽鶴の先にひらひら動いているタンザクには何か書いてあった。とっさに見るのだから最初のときはよく見えなかった。三度めのときになってようやく分った。

『世界中この地上で最も愛する妻』

そう書いてあった。

家族以外の見舞い客として最初に訪ねて来たのは、やはりみちよであった。

みちよは、いわば三輪家の解体に立ち会うために造形されたような女だ。三輪家という形のない柔らかい箱のなかに、自在に、しかも機を得て侵入し、家族関係をかき乱す。といっても、みちよ自身に悪意があるわけではない。むしろみちよは、善意に満ち満ちて三輪家に接近する。俊介は、みちよを拒めないばかりか、むしろどこかでこの女を必要としているのである。

家庭は、外部に晒されている無防備な存在だ。家族関係の不確かな網の目に、他者は、わけもなく侵入し、裂け目を作り出して出ていく。

手料理を持参して見舞いに来たみちよは、俊介が忘れかけていたジョージのことを話題にして彼を不快にさせるのである。

「いつ頃からお悪かったのですか」

「あなたがたとおつきあいしていた頃からです」

と俊介はわざと、ハッキリいった。

「こんどというこんどは、坊やにはあきれちゃいましたよ。どうしても見舞いにくるのが嫌だというんですからね」

「坊や？」

「ジョージですよ」

「ああ」

俊介はうなずいた。

俊介にとっても、病院でのいわば「黒い緊張」から解放してくれる瞬間があった。時子に頼まれたものを買いに街へ出かけるときである。

一つ一つの買物をしているとき、そこへ歩いて行くとき、そういった店の男や女の店員と話をかわしたりするとき、ふと通りすぎる人の顔におどろいたり、よく茂った濃い緑の樹木と葉を見るとき、ふと頬をかすめて風が吹いて行くとき、車の通らない意外に静かなビルのかげに入るとき、何か生きているという自由感があった。

些細な外界とのかかわりに感じるこの「生きているという自由感」は、病室での日常が強いてくる息苦しい重圧感が、逆に保障してくれた解放感だと言えなくはない。健康な日々のなかで、人は、こうした些細な喜びに対し、むしろ鈍感ものだ。木々の緑や風や、太陽の運行によって生まれる光や影の変奏に……。

その自由感のなかで、俊介は「私の妻は病気です。とても危いのです。その夫が私です」と叫びたく思ったことがあった。そして、今では、助けを求めて、「心の底」で次のように叫んでいる自分を発見する。

「私どもは仲間です。不安定な苦しみの多い人間です。私は買物をしている男ですが、どうか、ただの買物をしている男と思わないで下さい。私は人間としておつきあいしたいし、今こうして声をかけているのです。私どもは見ず知らずの間柄です。しかしそうでないと駄目なんです。だからこそ友達なのです」

そこで、彼はこう自問する。「なぜ買物をしている相手に対して、とくにそうなるのだろうか」と。

絡んでほぐれなくなった糸のように、憎しみ合いながらも執着する家族関係とは別の、行きずりの人間同士の気安さ……それは近づこうとすれば壊れてしまう性格のものだ。そのことを俊介は、いずれ思い知らされることになる。

*

「家へ帰って食事をすればなおると信じこんでいた」時子は、入院して二カ月目に一度帰宅する。それは、医師の判断ではなく、時子のわがままからの退院のようなかたちだった。

「家へ帰ったら、お願いよ、お父さん」……病院から家へ向う車の中での時子の言葉だ。

時子はとくべつ小さな声をするでもなく、いつもの調子でいった。ヒゲが濃くかたくなりはじめた頃から、声は金属性のひびきをまじえるようになっていた。ちょうど声変りをはじめるときの少年の声に似ていた。小さく、と心がけなくとも、その声は大きくはなかった。その奇妙な声を区切るように話す話しかたは、慣れていないと、何をいっているのか、よく分らなかった。しかし俊介の耳には、その声もきこえたし、「お願いよ」の内容もよく分っていた。彼は時子の手を握ると、彼女は握りかえした。それはきわめて弱かった。ただもともと大きな手がもてあましたように、彼の手をにぎっていた。そしてしばらくして、はなすと、ハンド・バッグの中のガーゼのハンカチをさがしはじめた。その手のふるえぐあいで、彼女が咳きはじめることが分った。

引用が長くなったが、病みおとろえた時子の肉体や声が、こんなにも存在感をもって描かれている箇所はほかにはない。読者は、俊介と同じようにとぎれがちな時子の少年のような声を聞き、震える枯木のような時子の手の体温を感じることができる。そして、癌細胞が時子の生命の火を消そうとするほどに、彼女の肉体を蝕んでいることも……。『抱擁家族』一篇が、数十年を経てなお新鮮に生きつづけるのは、こうした細部の確かさゆえである。時子という女の存在感ゆえである。日常の些事を「黒い緊張」を強いるほどに克明に描く小島の文法がそれを支えている。

あえぎながら俊介と娘に付添われて入浴をした時子は、呼吸困難に陥りながらも、俊介に「死んでもいいから、お願いよ」と言う。

俊介は妻が気の毒でならなかったが、彼の身体の一部は匕首《あいくち》をつきつけるように入った。彼は悲しげな顔をした。『世界中この地上で最も愛する妻』と書いた短冊を下げていた大谷氏も、自分とおなじようなことがあり、こういう、自分とおなじようなことをしたのであろうか。そして彼はまたいつもの近所の医者に電話をした。

一月半自宅にいた時子の脈をとりながら、病院へと付添ったのはこの医者である。

再入院して間もなく、時子の鼻に酸素吸入の管がさしこまれた。大谷氏の妻は、時子が家にいた間にすでに死んでいた。

そして、時子にも意識の混濁がはじまった。四日泊ったという俊介に「たった、一日、じゃないか」と呟き、「うそいってる」と言って、非難し出したのだ。

「あんたは、時々、見えすいた、うそをつく。お見通し、なんだ、から」

彼は身体をゆすぶって笑いだしてしまった。はじめて彼はモルヒネが使われはじめていることを知った。そうと気がついてからも笑いは止らなかった。するとよけいうそをついているように見えた。

ここへ来て、私たちは、時子の意識の混濁が、モルヒネの投与によるものだということを、俊介とともに知るのだ。小島は、こんなふうに、時子の病状の変化を、病室での日常を描くのと同じ筆致で書き止めてゆく。けれども、それは、病院での日常の些事と同じ分量ではない。病室での日常の、ごく一部、ほとんど最小限触れられているだけである。しかも、その部分は、読む者を不意に躓《つまず》かせるようにして挿入される。

ところで、意識の混濁から、時子が俊介を非難する前の場面で、私が想起するのは、小島のエッセイ「僕の混乱」の一節だ。

　僕が笑うのは臆病だからだ。臆病で笑うのだから、笑い方も、みみっちい。しかし僕は誰かれを笑うのではない。僕の怖れているのは、躓きそうな道路の石ころから始まって死に至るまでのいろんな不都合である。此の笑うくせはどうやらしみついたようだ。

無論、俊介は作者その人ではない。けれども、作品に現われる笑いが、現実の些事に対して身構えている作者自身の姿勢から来ていることは確かだ。臆病だから笑うというのは、日常の些事に対する恐れを意味する。小島の笑いが、いわゆるユーモアとは別種の苦い笑い、その先端で、読む者に「黒い緊張」を強いる特異な笑いの性格を持つのはそのためだ。

エッセイ「僕の混乱」は、一九五二年四月『同時代』が初出である。同じ年の十二月、小島は、戦争の日常を描いた「小銃」を発表。この作品は、一九五三年上半期の芥川賞候補作となった。

つまり、このときから、十三年後の『抱擁家族』まで、小島作品の「笑い」の性格は変わってはいない。ただ、「笑い」の方法化を、小島はより先鋭にしていっただけである。

再入院後、時子の衰弱は、すでに排便、排尿をすら困難にしていた。俊介は、今度は病人用のオムツを買いに走ることになる。次に引用するのは、そのデパートでの一節だ。

　彼はその売場をはなれて歩きながら時子の年輩の女がすれちがう度に、ふりかえって人ごみに消えるまで見ていた。

「ああ、菓子のようだ。ああ肉がある」と思った。あの女達に夫や子供がある、と思った。

もはやパジャマすら着ることがなくなった時子のために、俊介は、同じデパートでチェックのガウンを買った。売子は、前にピンクのパジャマを買ったときの娘だった。

俊介は、この娘に対して多弁になり、妻の病気のことから、娘や息子のことまで「何から何まで」口走った。彼の精神のバランスは、確かに狂っているが、この饒舌は、病院の外にいるという解放感から来ているわけではない。それは、彼にとってほとんど唯一の対話者である時子と話すことができないからだ。俊介は、見ず知らずの娘に対してこう言う。「僕は家内が助かって、とにかく命だけあってくれたら、色々話したりすることが、沢山あるもんだから」と。

その時子は、胸に水がたまるようになり、投与されるモルヒネの分量が増やされて、ほとんど終日眠っている状態になった。

うつぶせになったまま、時子は何か呟いている。俊介は耳をもって行った。

「どうも、まちがえて、いた、らしいわよ」

俊介はだまっていた。

「うちに、いる、つもり、でいたんだなあ」

俊介はガウンをそのまま抽出の中に入れてかくしてしまった。

「大谷さんは亡くなったよ」

と俊介は思わずいってしまった。

「いや、亡くならない、わよ」

うつぶせになったまま時子は呟いた。


ここに引いたのは、モルヒネの作用で、半覚半睡状態にある時子との会話だ。俊介は、大谷夫人の死を、時子が知っているのかどうかにこだわりつづけていた。それが、ふと口をついて、出てしまったのである。その大谷夫人の死を、時子は呟くように否定した。他の患者の情報をあれだけ執拗に集めていた時子が、大谷夫人の死を知らないはずはない。彼女は、大谷夫人の死を自分の現実のなかからしめ出しているのである。

あるとき、俊介が病室へ入っていくと、「カトリックの尼が二人、餌をついばむ鳥のように」時子の口もとに耳をつけていた。

俊介は出て行けと叱りつけるように言い、怒りがおさまらないまま、廊下まで追いかけて行って「きみらは前から度々、あの部屋へやってくる。何だって断わりなしにやってくるんだ」と怒鳴った。

「どうぞ、おこらないで下さい、あなたのために」

「僕のことなんか、どうだっていい」

何をはぐらかすのだ、と自分のことをいわれた俊介は、前より腹が立ってきた。

「疲れていらっしゃるんです」

と、若い方の尼が優しくいった。

「あなたは、とてもこわい顔をしていらっしゃいます」

「…………」

「奥さまは、ずっと和《やわ》らいだ顔なのに、あなたは、お気の毒な顔をしていらっしゃいます」

「じゃ、僕が死んだ顔とでもいうんですか」

といったとたん、俊介は自分でも意外なことを口走ってしまったと後悔した。老尼は若い女の袖をひっぱって早くこの場をのがれようとしていた。

この異様とも見える俊介の怒りの発作は、一体どこからくるのか。それは、俊介に信仰がないからではない。確かに、俊介には、信ずべき「神」はいない。彼は、K博士をあたかも「神」の代理人のように見なして貢物をささげるばかりだ。

彼の怒りの対象は、尼僧やその信仰に対してではないのだ。そうではなく、彼には尼僧の出現が、時子の確実な死を予兆するものと見えたからにほかならない。だからこそ、彼は、我にもあらず「じゃ、僕が死んだ顔とでもいうんですか」と口走って、自身の口から出た言葉に驚き、躓くのだ。

病室に戻った俊介に、時子は「大丈夫よ。あの人、たちが、いたって」とやさしくささやくようにいって眠りにおちた。その言葉を、俊介は尼僧と同じ姿勢で時子の口もとに耳をつけてようやく聞いた。

その日から二週間後、俊介は、ついに担当医師から時子の生命が、あと十日か一週間と告げられる。

K博士を個室に訪ねた俊介は、モルヒネを使っている以上もはや治療の段階ではないこと、「治療が必要なのは、むしろここしばらくあなたの方なのですよ」と告げられるのである。そして、「そのさいの心の用意を」ほとんど何もしていない自分にはじめて気づくのだ。

半年も一年も前から、時子が今日から数えてあと十日して死ぬことがはっきりしていたのに、そうでないと思っていた。そういうまちがいは、傍眼《はため》には、どんなふうに映ったであろうか。映ったことはどうでもいい。そういうまちがいを、おなじように、夫婦二人してくりかえしてきたのではないだろうか。鉄骨を何本も打ち建てた自分の新しい家が恥さらしになって歎き悲しんでいるのが、自分の肌のように感じられた。俊介は憎しみをかんじていた自分の家に愛著《あいちゃく》をさえ感じた。

このとき、俊介のなかで、時子の死に対する思いちがいと、新築した「家」の構造上の歪みとが重なる。「家」という暗喩が、ここで妻の死へと収斂するのである。

病院からの帰路、彼は、ごく親しい知人三人に、時子の死が近いことを知らせた。家に帰った彼は、息子にもそのことを伝え、「それじゃ、約束がちがうじゃないか」と食ってかかる息子に、「お母さんは、お前の中にいるのだ。何も死んで行く母親のことを考えることはない。お前がちゃんと生きてゆけば、お前の中にお母さんはいる」と語るのである。それに対し息子は、「分ってるよ」と叫んだ。

息子もまた、俊介と同じように思いちがいをしていた自分自身に腹を立てているのである。

食後、物置へ立って行った俊介は大きな声をあげて子供達を呼んだ。

「おい、みろ、これは失敗したな。梅の上へ、いらなくなったフロの洗い桶をおいてその上に石をのせておいたもんだから、桶のタガからロクショウが出て、この梅干は全然食えないよ。りっぱな梅干ができているはずだったがな」

俊介の声ははしゃいでいたが、うわずっていた。

この梅干は、時子の不在を埋めるようにして、俊介が突然作ろうとしたものだった。それが、時子の死期を知らされた日、緑青という毒を持つ錆のためにダメになってしまったのを、俊介は発見する。不吉でアレゴリックな場面だ。時子の不在は、他の誰によっても埋められないという寓意と死の予兆とがここにはある。

思えば、第一章の夢の場面のように、俊介は、時子の「死刑」の減刑嘆願をするために奔走していたようなものであった。病室と家とを往復し、時には、パジャマや病人用オムツを買いに走ったり、医師の貢物をしたりして……。そして、夢の中でのように、俊介もまたこう思うのだ。「何かのために歩かねばならなかった。そうさせたのは、妻だ」と。

時子の死は、ある日曜日に訪れた。俊介たち父子は、附添婦の連絡で病院に急いだが、臨終には間に合わなかった。

俊介はさきほど廊下を走ってくるとき、「三輪家」の三人の一群がとても奇妙に思えた。臨終の床に向って走っている姿に思えなかった。大人を混えたその家族の様子は、何か幼稚園の運動会でレースをしているみたいだった。

そこで、俊介は思い出す。十数年前、自分が盲腸で入院したとき、大部屋の病室へ入ってきた妻と子供たちの姿を、時子が、「そのときほど、たのもしく、母親らしく、妻らしく見えた」ことはなかったことを。

あのときの時子を中心とした家族の調和は、すでに喪われてしまった。いま、かつて「たのもしく、母親らしく、妻らしし」かった時子は、ミイラのようになって死の床に横たわっている。

廊下に出て、そこに立っている子供たちを見た瞬間、俊介は、「三輪家」がたった二人しかいないような錯覚におちいって、ハッと思った。自分のいることを忘れてしまっていたのだ。

俊介が錯覚に陥ったのは、時子の死を目前にしてうろたえていたからだが、同時にまた、彼は、自己喪失にも陥っていたのである。人間関係の網の目に絡め取られている「俊介」という存在にとって、もっとも深く絡み合っていた妻の死は、同時に自身の内部の死をも意味した。俊介は、もっとも大切な対話者を喪ったのである。人は、何かを失ったとき、はじめて、失ったものの重さに気づく。俊介が、いかに時子に依存しながら暮らしてきたかは、以後の俊介の行動が如実に証明している。

病室を出た俊介は、担当医に呼ばれ、遺体の解剖について訊かれる。彼は、ムキになって「どうぞして下さい」と答えた。

「何もかも全部」心も身体も全部、というつもりだった。この女も死んだ後の解剖にはいさぎよく承諾するだろう。そういう女だから、そういう点がこの女のいい点だから、というつもりだった。

このとき、俊介は、確かに時子の心を切り開いてみたい衝動にかられていたであろう。それからは、人の死にまつわる些事の連続である。妻の身廻り品の片づけからはじまって、葬儀屋との飾花についての打合せなどがつづくのだ。

そのとき時子が彼の首のあたりによりそって、「けちけちしなさんな」と文句をつけたと思った。一つ一つの事務に対面する度に、俊介は、

「お前ならどうするんだ、お前なら」

と心の中で時子にいった。

病院での仮通夜までの間、玄関で泣いていた俊介は、件の尼たちに出会う。二人の尼はおびえるように俊介に近より話しかけてきた。

「先日はどうも」

と彼は口の中でいった。

「祈ってあげて下さい」

と若い女の方がいった。

「それは僕も祈りつづけてきたのですが、祈る相手がないのですよ。だからただ祈り、

堪え、これからのことを考えるだけです」

「あなたは、今、神に近いところにおいでになりますよ」

「なぜですか」

俊介は尼について歩きはじめた。

「家内に死なれたからですか。これは一つの事業ですよ。その事業をぶざまになしとげただけのことですよ」

俊介の涙はとまった。


そして、俊介は、「ずっと前から予想していたが、やっぱり思いがけないことが起きたのです」と語り、急に言葉を切った。「生」という仮面の薄皮を剥いで、「死」という素面が嘘のように忽然と現われる。それはいつも予測を裏切るようにして「思いがけな」く現われるのだ。死の出現予期や覚悟とは全く別のことだ。

繰り返しになるが、『抱擁家族』の原型「いつかまた笑顔を」が書きはじめられたのは、一九六一年春、小島の妻キヨが乳癌の手術をしたときであった。しかし、この作品は未完のまま四年後の『抱擁家族』へと結実する。この間、一九六三年十一月妻キヨは死ぬ。その経緯は、ほぼ正確に作品『抱擁家族』の時間の流れと重なっている。

「いつかまた笑顔を」を未完のまま中断した小島は、同じ年の七月、ホーソン、サローヤンなどの翻訳を手がけている。そして、アルメニア人作家サローヤンからとりわけ貴重なことを得ていた。

サローヤンの処女短篇集『揺れるブランコにのる若く勇ましい男』に小島が出会うのは、一九四八年まで遡るが、以後サローヤンのスタイルは、小島の作品に色濃く刻印されている気がする。

小島は、「善人部落の寓話」と題したサローヤン論でこう書いている。『揺れるブランコにのる若く勇ましい男』を読んだとき「目のさめるような気がした」と。そして、次のように小島が語るサローヤンのスタイルの特質は、私には、そのまま小島のスタイル自体を語っているようにすら思えるのである。

ほとんど日常会話に出てくる語彙しか使っていない。短かい文章。笑い。一語一語がつながって行くうちに生き物のように溌剌と浮び出てくる。

私がサローヤンに触れたのは、無論、この作家の新鮮なスタイルが小島に与えたものの大きさに気づかされたからだが、と同時に、時子の死の後で、サローヤンの次の言葉を、引きたかったからである。若き作家志望者に向って、サローヤンはこう語っている。

深く呼吸することをおぼえよ。食べる時にはよく食物を味わうことを、そして眠る時にはぐっすり眠ることをおぼえよ……笑う時には猛烈に笑え……生きようとせよ、やがてのことあなたは死ぬのだから。

尼と別れた俊介は、時子が入院していた間唯一の憩いの場所であったソバ屋に入った。テレビのコマーシャルが大きな声でわめいている。「ファイトで行こう、ビタミックス。ビタミックス、ビタミックス、力いっぱい」と。ここで、「俊介は、自分の方が、その器械よりも希薄なものに思えた」と小島は書く。

こういう細部もまた、この作品の新しさの一つだ。世は、テレビコマーシャル時代に突入していたのである。

通夜の後、俊介はK博士とともに帰路を辿るが、このときK博士が、会話のなかでケネディの暗殺と、鶴見の二重衝突事故に触れる。

ここではじめて、私たちは、時子の死の時が、一九六三年一月であることを、作品のなかで知らされるのである。

小島は、このように作品という織り物を、会話と日常の些事によって織り上げていく。一見粗い網目のように見えても、この明敏な作家は、一つ一つの織り目を決してゆるがせにしてはいない。しかし、それは、ありふれた会話や日常の些事が示す多層な世界へと分け入っていかなければ見逃しやすい性格のものだ。第三章のあらゆる事柄、あらゆる細部の背後に、「死」という引力が秘かに隠れていて、プリズムのように日常を屈光させてしまうからである。

4

第四章は、みちよの次のような挨拶から始まる。

みちよが、時子の骨壺を背にして坐っている俊介の前に、両手をついてお辞儀をした。

「この度は、さぞかし、だんなさまはじめ、お坊ちゃま、お嬢さま、お力落しでございましたでしょう。これから次第次第にお淋《さみ》しゅうおなりでございましょう」

次に小島は、「そのありきたりの言葉に、俊介は涙をぬぐった」と書いている。

小島は「『抱擁家族』ノート」で、第四章についてこう書く。


　この章は最も重大である。普通は第三章で小説は終わる。しかしこの小説はどうしても私には第四章が必要。

　この章の主題は時子は死んだことによってかえって生きるということである。


　このテーマは、第四章の全てを覆っている。確かに時子の死によって終われば、この小説は一種の悲劇性を帯びるであろう。しかし第四章によってこの作品は笑劇性《ファルス》を取り戻すのである。

笑劇性《ファルス》は、例えば次のような俊介の行動として現われる。

「私は妻に死なれた男です」

と歩きながら、すれちがう女たちに呼びかけるように視線をなげかけるうちに、子供を家においてきた母親の時子のような視線にかわっている。

時子は俊介のなかで確かに生きている。そして、俊介は死んだ時子に話しかけるのだ。

「あの男は、ジョージは、あんただったのよ。あんたがジョージだったのよ。私はそういうことは、あんたにいえなかったのよ。あんたなら、そういうふうにいうけどもね」

「そうだったろうか」

「そうよ。あんなこと大したことじゃないのよ。私のいうのは、男と女が寝ることなのよ」

ここでは、時子は核心に触れている。そしてそれは時子が死んだからである。この会話もそうだが、俊介は時子の死によって狂い始めている。次の会話は息子の良一とのものだ。

「いったい、お前は淋しいのか、重苦しいのか」

と俊介は笑いながらきいた。こいつ、ひょっとして、このおれの顔が気に入らない、とでもいうんじゃないだろうか。時子がいなくなった今、直接もし、おれがそういう顔を見せるとすれば、その顔とぶつかるのは、この良一なのだから。お前自身もおなじ顔を見せているじゃないか。

俊介は、不在の時子を良一にもノリ子にも見ていた。親子は時子の死によって狂い始めている。小島はその一つ一つを、些事は克明に書くという彼の文法によって表わしていく。

この子の頭の中をしめていたのは、何だったのだろう。メンスのはじまる日付から、そのときの身体のにおいから、身体がゆすぶれる度に身体がのびるのだ、といったり、私もお母さんのようにホルモンのバランスがくずれているのだ、といったりしている、この娘。母親がほとんど世話をしなくなってから、もう一年以上になる、この娘。一日一日と変って行くのが、おそろしい気がするばかりの、この娘。

俊介はノリ子の変化に怯えている。そこで俊介は異常な情熱をもって再婚を考える。時子の不在が家族にもたらす狂気を反転させるためである。

しかし、その前に俊介は外国人が日本で行動することの狂気を説明する。

「向うの人はシキタリがあるんだ。そのシキタリは子供の頃から育ってないと、実行できないんだよ。そのシキタリを日本へきて実行すると、そのとき日本語をつかうだろう。もうそれで狂ってくるんだ。本人もまわりの人も、狂うんだ。外人が日本へ来ても、どっちも狂うんだ」

外国人が日本で狂ってくる原因を、小島は伝えているが、それは全てについて言えることだ。俊介の住居の構造もその一つである。

俊介は、時子の不在を埋めるために再婚を急ぐ。そしてその相手に次のように言う。

「あなたは家へくれば、そういう、いい方はしないようになりますよ。このまま、あなたは、一生このまま過しますよ。いっしょに苦労して見ようじゃないですか。僕の今の気持なら大丈夫ですよ。早すぎるということはない。これより遅くなったら、僕の家が駄目になる。僕の家が駄目になったら、くる人も駄目になる。ほかの人が来ても、やりにくくなる。何だって、芳沢さん、あなたは僕の荷物なんか持ってくれたりするんですか。何だってあなたは、こんど自分で支払いをしたりして、貸借ないようにしたりするんですか。芳沢さん、僕が魚のような眼をしていたって？　僕は、僕はまるで神に仕えるような気持でいるんじゃないですか」
俊介はそこまでしゃべってくると、とつぜん受話器を下ろしてしまった。そして自分の言葉におどろいてあたりを見まわした。

俊介は山岸にこう言われる。
「あなたは誰と結婚しても、いじめるために結婚するような気がしますよ」と。
再婚の話は結局うまくいかない。それは、俊介の気持が過剰だからだ。
この小説は良一の家出によって終わる。
俊介はみちよを押しのけて外へ出る。

俊介の胸の動悸が高まってきた。階下へおりて行き、靴をはいて外へ出ようとして、大きなガラス戸にぶつかった。客がドアをまちがえたことはあったが、彼がまちがえたのは、はじめてだった。

第四章は、時子の死によって始まり、良一の家出によって終わる。時子の不在が家族をバラバラにし、俊介はそれを解消するために再婚を急いだ。

文体はへし折られた会話によって表われている。これは他の章では見られなかったことである。笑劇性《ファルス》によってこの章は成り立っている。それは単なる喜劇ではなく、この作品の新しさを我々に示している。

『抱擁家族』の整合性を破壊するために、小島は第四章を書いたのだ。

II

小島信夫の文法

小島信夫の文法

「郷里の言葉」の初出は、『新潮』一九六二年十一月号である。

半年前の四月、国分寺町榎戸（現・国分寺市光町）の新居に移り住んだ小島は、「アメリカン・スクール」での芥川賞受賞から七年、四十七歳になっていて、転居を機に自身の半生を振り返る心境にあったのかもしれない。というのは、翌年の六月には、『文学界』に「自慢話」を、また十一月には、『新潮』に「釣堀池」と、岐阜弁や、郷里岐阜に触れた短篇をつづけて発表しているからである。

人が郷里を振り返る、あるいは郷里への思いを抱くというのは、決して良い精神状態にあるときではない。むしろ、思い返している己れ自身の心身の衰弱を癒そうとする心的状態にあると考えたほうがよい。

小島は、一九六一年十月、妻キヨの乳癌の手術に立ち合い、「釣堀池」発表の十一月、妻キヨの死に襲われている。

つまり、「郷里の言葉」、「自慢話」、「釣堀池」とつづく郷里に材を取った短篇を書きついでいる間、妻キヨの癌の転移、再手術といった、瀕死の妻との辛い日々を、小島は送っていたことになる。

そして、「釣堀池」から二年後の七月、こうした妻の死を見とる日々を逆に発条《ばね》として、小島は、代表作『抱擁家族』を書き上げる。

「アメリカン・スクール」から『抱擁家族』までの八年間、小島は、『島』、『裁判』、『女流』、『墓碑銘』、『夜と昼の鎖』といった長篇、あるいは中篇の力のこもった作品を世に説うているが、小島の意図とは別に世評はあまり良くなかった。その意味でも『抱擁家族』

の発表と、第一回谷崎潤一郎賞の受賞は、小島の作家的地歩の確立という意味で一つのターニングポイントになったと思う。

「郷里の言葉」は、「私は時々、親父の死にざまには、なかなか捨てがたいものがあったと思うことがある」と書き出されているように、年老いた父の臨終までの晩年を描いたものだ。

小島の父捨次郎は、岐阜県各務原市出身の人で、貧しい仏壇師だったが、母はつ乃とは十五歳の年齢差があった。

「この両親から私たち七、八人の子供がうまれ育ったわけですが、これら同腹のもののほかに、二人、姉と兄がおりました。戸籍謄本を見たときに、父の先妻の姪が、私のおふくろであることを発見して妙な気持になったことをおぼえています」と小島は、「各務原」の冒頭に近い一節に書いている。

父捨次郎の死は、一九三四年八月のことで、享年七十二歳、このとき母は五十七歳であった。

父の死を見とったとき、小島は十九歳で、前年三月に旧制岐阜中学（現・県立岐阜高校）を卒業し、一月ほど大阪の吃音矯正学校へ入寮して通ったりしたが、浪人中で、愛知県立女子師範学校の教師をしていた兄勇のもとで受験勉強をしていた。小島が、第一高等学校文科甲類に入学するのは、父の死の翌一九三五年四月のことである。

「郷里の言葉」は、この稼ぎの悪い老仏壇師の父と、十五歳若い働き者の気丈な母とのやり取りが、主人公の眼を通して実に活々と描かれているが、そこには、小島信夫一流の皮肉《アイロニー》と笑いが溢れている。

そして、その「笑い」を私たちに誘発し、紡ぎ出してゆくのが、父と母、主人公の間で繰り広げられている岐阜弁の会話なのだ。というよりも、むしろこの作品に登場する人物たちが、岐阜弁、つまり小島の「郷里の言葉」によって、まるで浄瑠璃の人形のようにあやつられている気配である。

小島は、この作品の二行目から、「郷里の言葉」岐阜弁への実に辛辣な批評を試みている。しかし彼が「卑しい」と断じてはばからない岐阜弁が、自分を卑下しているように見せかけて、高所にいると思いこんでいる相手を引きずり下ろすしたたかさを持っていることを実に巧みに説き明かしてゆく。しかし、それは岐阜弁の特色というよりは、非難されるべき人間の低みから、価値の転倒を目指す、小島の小説の方法そのものを語っていると言った方がよいだろう。

別の箇所で小島はこう書いている。「私の郷里のナマリは、間の抜けたオダヤカさをもっている。歌っているようだ。だからいい気持になってしまう。ところが、ちゃんと針を含んでいる」と。

この作品には、小島の郷里岐阜に対するアンビバレントな感情がよく表れているが、郷里の言葉へ錘鉛を下ろしてゆくことによって、小島は自身の寄って立つ方法への確信を得たにちがいなかった。

老いた夫の死を見とった母が、「しぶとい人や」と言う最後の一言が、作家小島信夫の「しぶとさ」をも指示している気がしてならない。そして、ここでも、愚劣な些事をこそ克明に描くという小島の文法は、鮮やかに私たちの眼前で息をしているのである。

「階段のあがりはな」について

「階段のあがりはな」の初出は、『群像』一九六六年十月号で、『抱擁家族』で第一回谷崎潤一郎賞を受賞した九月の翌月であった。舞台は一九六二年『新潮』十一月号に発表した「郷里の言葉」と同じだが、時間は十年程溯る。この時期の小島には、「釣堀池」、「自慢話」など郷里を舞台とした岐阜弁の短篇が多い。

この時期の数年、小島の私生活で大きな出来事は、一九六一年十月妻キヨが乳癌の手術を受け、翌年乳癌が再発する。この間四月に国分寺町榎戸（現・国分寺市光町）の新居に移住した。一九六三年十一月十七日、妻キヨが死去すると、翌年六月、浅森愛子と結婚した。

これらは全て『抱擁家族』の題材となっている。

「階段のあがりはな」は小島の少年時代を扱ったものだが、ＪＲ岐阜駅に近い自宅の地形が描かれている。

> 家から二百メートルも行くと汽車道があるから、先ずそこへ向った。線路は少し先にカーブをひかえていて、そこで度々人がひかれたことがある。線路の向う側の低いところには、くさむらの中を深い川が流れていた。

七歳の主人公はいなくなった母を探しにその道を兄、姉と歩いて行く。

> 鉄道官舎の間の道を通って行くと蛙の声がきこえてきた。そのあたりへくると道が柔らかくなっていた。
> 彼はその頃から、すすり泣きしはじめた。

「ついてくるな、といったやろ。またそんなタニシみたいな顔をして泣くう！　いややな」

と兄がいった。そういわれる度にタニシがどうして自分の泣顔に似ているのか、分らない。タニシに顔などありはしない。姉はいった。

「気が散って、探せえへんわ。ほんなら、お前ひとりで帰りんさるか」

彼はうなずいた。


兄弟の会話がユーモラスな場面だが、岐阜弁の独特なアイロニーがここにはない。それは「郷里の言葉」で正確に書かれている。

私の郷里は岐阜であるが、この市に住む人、その周辺に住む人たちは、あまり評判のよくないナマリをもった言葉をつかう。相当に卑しい言葉だ。卑しいばかりでなく人間ぜんたいを嘲弄したような口ぶりで話す。自分も相手もみんな嘲弄の対象になる。

「階段のあがりはな」は白山小学校時代の話で、父は六十歳に近く、母は四十歳をいくつか越えていた。その母が、階段のあがりはなで泣いていた。

そこのところに、眉をそりおとした四十をいくつか過ぎた母親が坐りこんで、拝むように身体を折りまげて何か呟きながら泣いていた。父親にいいたいこともいい、家の中を自分ふうにきりまわしてきた彼女が何のために、そんなところに坐りこんで、他人の家みたいにいるのだろう。七つになった彼の疑問だった。

結局最後まで母の涙の理由は分らない。父と母の間でのやりとりに原因があるらしい事は分るのだが、真相は謎のままである。

父は二百匁の肉をやけくそのように一人で食べ、それが原因で医者を呼ぶはめになる。「心臓が弱かったら、死ぬことがある」と医者に言われたりするが、「ほんとうに死ぬっもりだった」と父は答え、太田胃散を飲んで一晩中唸っていた。

「郷里の言葉」の最後は次のようである。

彼は息を引きとるとき、何か口の中でつぶやきはじめた。

「何や、お父っつぁん、何かいいたいことがあるんか。早う、いいんさい」

と私が口に耳をつけていった。

「トンプク、ナミアミダブツ、トンプク、ナミアミダブツ、トンプク」

そこでこときれた。

「しぶとい人や」

母はそういった。

「階段のあがりはな」で描かれるのは、この時から十二年ほど前の母である。

未完の相貌

小島さんが亡くなった時、私は多磨霊園での密葬、東京と岐阜でのお別れの会に列席した。印象に残っているのは、小島さんのお骨が大きかった事である。骨太の人である事を再確認した。

次に覚えているのは、岐阜でのお別れの会の時、小島家のお墓が小島信夫建立になっていた事だ。一九三六年十一月の事で、小島さんは二十一歳、第一高等学校の学生であったから、費用は姉達がもったのではなかったろうか。

一九三六年十一月といえば、兄勇の死去の時である。二年前の八月、父捨次郎が死んでいる。これらの事は、「凧」、「死ぬと云うことは偉大なことなので」等に出てくる。

御通夜の晩、裸にされ、白い毛布に包まれて父の屍体は西向きに横たえられてあった。その市《まち》から近い大都会に学校を出てから勤めていた兄が、父と同じ部屋に同じように西向きに眠っている。使を済ませて帰って来た私は、その光景を見て恐しい幻覚にギョッとした。痩せた兄の腰の骨の山の恰好が、屍体のそれとそっくりではないか。あの脚の曲げ工合まで。「それに何でこんな向きに寝させて黙っとるのや」と私は冷水を浴せかけられたようになり、予感におびえて母や姉達をなじろうとしたが、それを口に出すのはなおのことこわかった。私はその不吉な予感を誰にも話さなかった。その翌々年兄がほんとに死んでしまってからでも。

（「凧」『第一高等学校校友会誌』一九三七年六月）

父の死や兄の死は繰り返し多くの作品に出てくる。『新潮』一九六二年十一月号の「郷里の言葉」もその一つだ。前年四月、国分寺町榎戸（現・国分寺市光町）の新居に移り住んだ小島さんは、前年十月妻キヨの乳癌の手術に立ち会い、瀕死の妻とのいわば「抱擁家族」の日々を送っている。

「郷里の言葉」では、この稼ぎの悪い老仏壇師の父と十五歳年の若い働き者の気丈な母とのやり取りが実に生き生きと描かれているが、そこには小島さん一流のアイロニーと笑いも溢れている。


私の郷里は岐阜であるが、この市に住む人、その周辺に住む人たちは、あまり評判のよくないナマリをもった言葉をつかう。相当に卑しい言葉だ。卑しいばかりでなく人間ぜんたいを嘲弄したような口ぶりで話す。自分も相手もみんな嘲弄の対象になる。


ここでも、愚劣な些事をこそ克明に描くという小島さんの文法は、鮮やかに生きている。

小島さんが文壇にデビューするのは戦後の事で、一九五二年十二月、『新潮』同人雑誌推薦号に「小銃」が掲載されてからである。いちはやく三島由紀夫が取り上げた。

「私は小銃をになった自分の影をたのしんだ」と書き出す「小銃」は、二十一歳の初年兵が小銃にフェティッシュな愛情を注ぐところから始まる。

それから弾倉の秘庫をあけ、いわば女の秘密の場所をみがき、銃把をにぎりしめ、床尾板の魚の目——私はそう自分で呼んでいた——であるトメ金の一文字のわれ目の土をほじり出し、油をぬきとると、ほっと息をついて前床をふく。この前床をふくという操作は、どんなに私の気持をあたためたか知れない。

それは内地を出るとき、出征中の夫を持つ二十六歳の人妻が、七カ月のふくらんだ白い腹を自分に見せたからであった。「小銃は私の女になった」のである。

けれども、結局「私」は小銃への愛を失い、斬りつけてきた班長の腹を撃ち、南京の戦犯収容所で終戦後の日々を過ごすのである。

この作品は、戦争への諷刺を三八歩兵銃への偏愛を通して見事に描き出している。そしてこの短篇は、ここでも未完の相貌を持っている。

「小銃」は、一九五三年一月、第二十七回芥川賞候補となるが、芥川賞受賞は、一九五五年の「アメリカン・スクール」まで待たなければならない。
けれども、小島さんの短篇のスタイルは、「小銃」ですでに決まっていたのである。

『抱擁家族』の時代

昨年（一九九四年）、大江健三郎がノーベル文学賞を受賞した。これは、戦後五十年を飾るにふさわしい文学的事件だったが、その受賞理由には、個人的な体験を通して、核時代の人間、核時代の家族を描き続けたことが挙げられていた。

確かに、私たちの戦後は、「核」の脅威の下に始まった。「恐怖の均衡」と言われた米ソの冷戦構造が終わったいまも、「核」の時代は依然として続いているのである。広島と長崎の被爆が、いまも私たちに教え続けているのは、核時代の人間は個有の死を死ぬことができず、あたかも砂粒の一つ一つのような任意の生しか与えられないという恐怖だ。敗戦後の焼け跡から身を起こそうとした新しい作家たちが、まず考えたのは、そのことだったのではないだろうか。つまり、砂粒のようにある任意の一点となってしまった人間を、果たしてどう物語ることが可能だろうか、と。

だから、戦後に出発した作家たちが、一様に「私小説」的方法を否定したのは、ごく自然なことだったと思う。私たちは、任意の点でしかない「私」を光源として、戦後の時代を描くことはできないからだ。

例えば、小島信夫はこんなふうに言っている。「私たちは、周囲との関係を意識することで、私の位置を確かめている」にすぎない、と。

「私」を人間関係の一つの函数のようにして描くこと。敗戦後、占領下の貧しく惨めな郷土に復員した小島が、それでも作家として身を起こそうとした方法がそれだった。

一九五二年十二月、小島は「小銃」という戦争体験に材を取った短篇で文壇的なスタートを切るが、小島が真の意味で自身の文体と方法を獲得するのは、二年後の「アメリカン・スクール」であった。

小島はこの作品で、アメリカ占領下の日本の精神的混乱と惨めさを、アメリカン・スクールを見学に行く三十人の英語教師という設定で描き出した。氏が、主人公に選んだのは、新しい状況に順応できない人物で、この男を、いわば低い場所に置かれた一つの凹面鏡のようにして、作者は、時代の歪みを拡大して見せたのであった。

「アメリカン・スクール」が発表されたとき、すでにサンフランシスコ講和条約から三年が経っていたが、「日本の中のアメリカ」というテーマは、戦後出発した作家にとって重要なテーマの一つだった。

このテーマは、経済復興から、一九六〇年代の高度経済政策を経て、「日常の中のアメリカ」へと移っていく。私たちが、アメリカをモデルとした生活様式を実現していったからである。

一九六五年七月、小島が発表した『抱擁家族』は、若いアメリカ兵と妻との姦通によって崩壊していく家族を描いて人々に衝撃を与えた。そこには、生活様式だけがアメリカ化してゆき、倫理的支柱を欠いた日本の家族が、実にリアルに描かれていたからである。

主人公の妻は乳癌で死に、長男が家出してしまうところでこの物語は終わるが、作者は、創作ノートにこの作品のモチーフを、「「死にいたる病」つまり神のない心の病気」だと書いている。そして、「この小説の続篇が書ければ「人間は、私たちは、私は、果して生きられるか」ということになる」とも……。

『抱擁家族』は、三十年経った現在も少しも古びてはいない。むしろ私たちの時代とともに生育していると言えるだろう。

小島批評の魅力

小島信夫さんが亡くなって四年が経つ。命日は十月二十六日で、その命日に合わせるように昨年（二〇一〇年）十月、『小島信夫批評集成』全八巻（水声社）の刊行がはじまった。第一回配本は最終巻『漱石を読む』。六八〇ページの大冊だ。千野帽子さんの解説、竜野連さんの月報や巻末の年譜を読み、本文へ移ったところで、第二回配本がつづいて届いた。第四巻『私の作家遍歴I』、解説は、大庭みな子さんと共に晩年の小島信夫さんの最も近くにいた保坂和志さんである。この巻の月報に鶴見俊輔さんと並んで私も原稿を書かせていただいた。小島さんの担当編集者であった河出書房新社時代のメモワールだ。

お陰で、一九七一、二年ごろのまだ武蔵野の面影を残していた国分寺界隈や、小島邸へ向う坂道の勾配、新築間もないお宅のモダンな構造や、若々しく美しい愛子夫人の都会的な所作などを思い出した。

当時、小島さんは五十代半ばで、『抱擁家族』で第一回谷崎潤一郎賞を受賞されてから数年が経っていた。すでに『別れる理由』へと膨らんでゆく「町」の連載もはじまっていたところだ。私にとってちょうど父親の世代の小島さんは、担当作家というよりは先生といった感じだった。息子のように若い私にも対等に意見を求められたが、文芸の話題以外には興味を示されなかった。同じころよくお会いした吉行淳之介さんがしみじみと言われたものだ。「俺は麻雀《マージヤン》もすれば、女遊びもする。小島は四六時中文学、文学なんだから、小島にはかなわないよ」と。

確かにそうだった。私が大のシェイクスピア好きなのも、『ドン・キホーテ』こそが現代小説の出発点だと考えているのも、二十代のころ小島さんにたたきこまれたお陰である。

私がお会いしてしばらくすると、小島さんは、演劇と評伝に力を入れられはじめた。だから、小島さん原作の劇も、評伝も、リアルタイムで見、雑誌連載時に読んだのである。

小島さんの評伝は実に魅力的だった。そこには文芸批評的な言辞は一切使われてはいなかった。小島さん自身の小説の言葉が、そのまま作品や作家の履歴を追っていく。結語をはぐらかし、柔らかい紐でゆっくりゆわえていくような書き方で……。例えば、こう言ってもいい。線で輪郭を描くのではなく、輪郭の上に色を塗るような、塗られた色にまた別の色を重ねるような小島流の特異な絵肌《メチエ》が、作家像をあぶり出してゆくのだ、と。

後年、小島さんはこう言われた。「批評を書くとき、他の人は小説を書くときと違う文章になるんだよ。僕は全て小説と同じ語法で批評を書いている」と。

今でも忘れられないのは、小島さんが幾分辛《つら》そうな表情でこういわれたことだ。「『抱擁家族』を書き上げた後、もうあんなふうに小説が書けなくなってしまった」

この言葉は、『抱擁家族』へ至る全ての作品を示していた。『小銃』も芥川賞作品『アメリカン・スクール』もである。

そのとき、『抱擁家族』という作品が、小島さんにとってどんなに重かったかを、私は実感した。

そして、「書けなくなってしまった」という言い方のなかに、その後の作品群『別れる理由』や『美濃』、『寓話』などが、過去の小説の形を、いわば壊してゆくように書かれていることの意味が孕まれている気がする。

だから、この『小島信夫批評集成』に収められた批評群も、小島さんの新しい小説への回路として書かれたにちがいなかった。いつも小説形式の自由へと向われていた小島さんは、ここでは文芸批評の自由を獲得したのであった。

小説の鏡としての演劇

小島信夫さんが亡くなって三年が経つ。命日は二〇〇六年十月二十六日なのだが、同じ年の六月十八日の方が命日のような気がしてならない。というのは、小島さんはその日の早朝、二階の書斎に隣接する手洗いを出たところで脳梗塞の発作を起こして倒れ、その後意識が回復しないまま亡くなられたからだ。

小島信夫文学賞の運営や選考に係わったことで、私は小島さんの十年余りの晩年、近くで濃密な時間を過ごさせていただいた。それは、大袈裟でなく、黄金のペンで刻むような日々だったと思っている。

昨年（二〇〇八年）、小島さんの出身地である岐阜の県図書館で、没後初めての回顧展が開催された。ほぼ半年の会期で、ご遺族の全面的な協力を得て、一年前から準備がすすめられ、私もアドバイザー役として当初から係わった。小島さんの岐阜での幼少年期から、一高、東大を経て応召、暗号兵としての戦争体験後復員し、「小銃」「アメリカン・スクール」で文学的な出発を果たした。第一回谷崎潤一郎賞の代表作『抱擁家族』で小説家として不動の地位を築くが、そこに安住することなく、それまでの小説の方法を解体してゆくような実験的作品、原稿用紙四千枚の『別れる理由』へ挑んでいった。そうした生涯と作品のプロセスを辿り直すことは、私にとって実に心躍る体験であった。新しい発見があり、作品世界を実生活にそうように読み直す日々であった。

＊

『演劇の一場面――私の想像遍歴』（水声社）は、この回顧展のために収集した小島さんの未刊の著作として見つかったものだ。執筆されていたのは、一九八六年五月から翌年の十二月までで、雑誌『ユリイカ』に二十回に亘って連載されたものである。しかし、何らかの理由で生前二十年間も本にされることがなかったらしい。

一九八六年と言えば、小島さんは七十一歳で、前年、講師時代も含めて二十五年間勤めた明治大学を定年退官したところだった。また、作品としては『寓話』の連載が前年完結、「演劇の一場面」の連載を始める二カ月前には『菅野満子の手紙』を刊行している。つまり、野間文芸賞受賞の『別れる理由』という長大作の後の代表作二篇も書きあげたところだったのである。

おそらく、そんな人生の節目に差しかかっていた小島さんの心のゆとりが、この自由で気ままな演劇論に向わせたのではなかったろうか。この本に収められたエッセイ群には、そんな大きな仕事を仕終えた人の息遣いと振り返る調子がある。

小島さんの演劇への関心は、無論、青年期からあったろうが、自身の文学の方法として考えるようになったのは、『抱擁家族』を描き終えた頃、五十代を越えてからではないだろうか。小島さんは一九六九年、五十四歳の四月に「小説と演劇」というエッセイを書き、翌年十一月には『文芸』に、はじめての戯曲『どちらでも』を発表しているからだ。

『一寸さきは闇』の稽古場にて。俳優たちに演技指導を行う小島。

当時、私は小島さんとよくお会いしていたので、『どちらでも』の舞台も見せていただいていたし、舞台稽古にも立ち会う小島さんの熱中ぶりをよく知っていた。同じ年、『抱擁家族』が八木柊一郎の脚色・演出で青年座で上演され、また、翌年十一月には、小島さんの二作目の戯曲『一寸さきは闇』が劇団「雲」で上演されたが、このときは演出も担当するという力の入れ方だった。

＊

この戯曲は、『どちらでも』と同様、河出書房新社から刊行されているが、その間にも清水邦夫、別役実といった劇作家たちと「小説と演劇のあいだ」という題目で鼎談を行ったりしている。この五年ほどが、小島さんが最も演劇の近くにいた時期ではないだろうか。そして、小島さんは自身の新しい小説世界へと再び帰って行ったのだと思う。というよりも、戯曲の執筆や演出に打ち込んでいたときですら、小島さんにとっての演劇は、いつも自身の小説世界を映し出す鏡であったにちがいない。

そのことは、イプセンの「人形の家」、チェホフの「かもめ」、小栗判官、照手姫、オイディプス王、そして十回に亘る「ハムレット」についての気ままな演劇論『演劇の一場面』にも表れていて、小島さんは演劇の持つ一回性と、眼前の現在がくり展《ひろ》げる物語を、自身の小説の現在へと取り込んでいったのではなかったろうか。

晩年、小島さんはよく電話をくださったが、まるで独り言のようにこう言われた。「一体、小説というのは何なんだろうね」と。あの人を包み込むような声が、いまも私の耳朶《じだ》で響いている。

コジマの前にコジマなく……

私は幸運に思っている。一九六五年七月、『群像』で『抱擁家族』を読んだ事を。

私は二十歳で、名古屋の大学の学生だった。その頃私は文芸誌で吉行淳之介の作品を探して読んでいたから、小島信夫の『抱擁家族』を読んだ事は偶然にすぎない。しかし一読、私はこの作品が世界的なレベルである事を疑わなかった。

日本の家庭に入りこんだアメリカを姦通小説として描き上げたこの小説の寓意を、若い私は強烈に感じ取っていた。もちろん小説の細部が全て判っていたとは思えないが。

それから私は河出書房新社へ就職し、日本文学編集部に入った。一九六八年四月の事だ。しばらくして、上野毛の吉行さんのところへ伺った時、「君はどこの出身だ」と聞かれた。私が「岐阜の出身です」と答えると、吉行さんはニヤッと笑って「それじゃあ悪い奴に違いない」と言った。

その時吉行さんが誰を想定して言ったのか、すぐには判らなかったが、岐阜の人間として吉行さんが思い浮べたのが小島信夫さんだった事に後で気が付いた。それから「悪い奴」が褒め言葉である事も後から判った。

一九七〇年十一月、小島信夫さんは戯曲『どちらでも』を『文芸』に発表した。私が小島さんの担当編集者になったのはその頃からである。私が岐阜出身者であったからだが、さらに県立岐阜高校の卒業生でもあったためだ。小島さんは旧制岐阜中学の卒業生で、私の先輩に当たる。一九七三年一月、戯曲『一寸さきは闇』を小島さんは『文芸』に発表、四月に単行本として河出書房新社から刊行した。この時、単行本を担当したのは私である。『別れる理由』の連載は一九七三年十月から始まっていたから、私は『別れる理由』の始まった年に編集者になった事になる。けれども私は連載を丹念に読んではいなかった。『別れる理由』は一九八一年三月まで十三年間続いたのである。そして一九七六年一月に私は河出書房を退職していた。

永造は『抱擁家族』の主人公、三輪俊介の後身である。彼は、世界のことを考えたり、死のことにおびえたり、学生におびえたり、俊介の妻であった時子のことに未だにおびえたり、したがって今の妻の京子の挙措に不安をかんじたりする可能性があるのは、性に対して満足をあたえることが不足しているためではないかとおそれたりしているようである。性といっても、直接的なものから間接的なものを含めてのことであるけれども。

三巻本の『別れる理由』の「あとがき」に小島さんはこう書いている。確かに『別れる理由』は『抱擁家族』の後身として書かれた作品である。小島さん自身が書いているように、『別れる理由』は最初短篇として書かれる予定だった。それが十二年六カ月もの間続いてしまったのは予定外のことであったろう。複数の家庭の不幸を描いていくうちに「ファルス」としてふくらみ拡大していってしまったのである。主人公前田永造は馬になり、作者にもなってしまうのだ。

作者は、この永造の妄執みたいなものから、のがれよう、作者を救おう、できれば作品を救おうと、一、二年の間、格闘したように記憶している。というようなアイマイないい方をするのは、私はこの小説を読みなおすことを、とうとうしなかったからである。長くつづけるうち、今や人生みたいになってしまい私の手の及ばぬところにある。人生をあとから直すわけには行かない。

長めの「あとがき」で小島さんはこう書いているが、確かに『別れる理由』という作品は小島さんの人生そのものであった。

小島さんはよく私にこう言った。

「『抱擁家族』を書いてしまったあと、ぼくはもう小説をあんなふうには書けなくなってしまった」と。

だから『別れる理由』は小島さんにとって起死回生の方法だったと思う。ついには、藤枝静男、柄谷行人、大庭みな子といった実名の人々までが登場する。

『別れる理由』は一九八二年の野間文芸賞を受賞した。この時「異能の持主」というタイトルで吉行淳之介さんが選評を書いている。

作品の結構をととのえる気持は、「別れる理由」については最初から放棄されているようだ。一杯のスープをつくるのに、大量の材料を必要とする場合がある。かつての「アメリカン・スクール」は、そういう形でつくられた一杯のスープであった。今回の作品では、作者は素材を前に並べて、つぎつぎとブンガク的思考をくりひろげてゆく。スープを飲ませてもらえない読者は、作者のとめどなく長いつぶやきに共感はするものの、結局十分にはわからない。ときに作者は、喋りつづけるという自分の愉しみに淫するまでになり、読者はますます取り残されてしまう。

吉行さんは、正確に批判もしているが、「小島信夫は異様なブンガク人間で、コジマの前にコジマなく……」と書いて、この受賞を祝福しているのである。

小島信夫さんを悼む

第四回小島信夫文学賞の授賞式前日だった今年（二〇〇六年）六月十三日、岐阜・西柳ヶ瀬のホテルに着かれた小島信夫さんは、お元気そうで一月ほど前に東京・国分寺の書斎でお会いしたときより若返ったように見えた。

小島さんはご機嫌がよかった。目が悪くなった晩年に『残光』の執筆を手伝った、山崎勉氏（英米文学者）も同行されていた。元来、小島さんは郷里・岐阜へ帰られると、少年のようにはしゃがれることが多かった。ここ十年余り、同文学賞に選考委員などとしてかかわってきて、私はそう思った。

無論、ご機嫌のよいときばかりではない。ご立腹されるときもあり、そのご立腹も歯止めがなくなったときもあった。郷里にいるということが、どうやら小島さんの感情抑制装置を壊すらしい。

六月十四日の授賞式で選評を兼ねたトークを、私と小島さんは行ったが、そこで、受賞者に向って、小島さんは叱声を発せられた。

「いいですか。覚悟を決めて書きなさい」

すでに控室で、私はお叱りを受けていた。

「あんな百点満点の選評なんて書いてちゃだめだ」

その言葉は、逆説的ながら、私の弱点をぴたりと突いていて、かえって心地よかった。

こうして岐阜での二日間は驚くほどお元気で、人々に喝を入れ、そのことでそれぞれを励まされて帰って行かれた。四日後、国分寺のお宅で倒れ、脳梗塞で意識不明になられるとはだれも想像しなかった。

同賞は隔年で、創立から八年を経た。その間、小島さんは米寿を迎え、卒寿を迎え、今年九十一歳になられた。眼も耳も数年前からご不自由になられたが、それでも最後の小説『残光』四百枚を執筆されたのである。

「とにかく大変だよ。眼が見えないのに小説を書くんだから」

電話口で小島さんは、幾分咳き込むようにおっしゃった。笑ってはいけないが、私は笑いそうになった。そして、まるで「業《ごう》」のように小説を書き続けられる小島さんを正直拝みたいような気持ちになった。

賞創設の準備段階から十年余り、私は小島さんと何度もお会いした。国立の「ロージナ」という喫茶店や、国分寺のお宅、北軽井沢の山荘、岐阜のホテルで。そして、お茶のときも、お酒のときも話題はいつも小島さんの小説論へ移ってゆく。

「けれども、小説とは一体なんだろうね」。小島さんは、独り言のようにおっしゃる。

『美濃』、『別れる理由』、『暮坂』、『寓話』、『残光』……。小島さんほど小説の形式を壊し続けた人はいない。そして、いつも時代の「現在」を問うてきた。小島さんが目指したのは、小説という形式の自由であった。

裸の私を生誕させる文学

千石英世『小島信夫――暗示の文学、鼓舞する寓話』（彩流社）の前身である『小島信夫――ファルスの複層』が小沢書店から出たとき、私は直ちに求めた記憶がある。そして、副題から坂口安吾の「Farce に就て」を連想し、小島信夫の芥川賞受賞を強く支持しつづけたのが他ならぬ安吾その人であったことを、我が事のように誇らしく想い起こしたものだ。

千石も引いているが、安吾は断言する。

ファルスとは、否定をも肯定し、肯定をも肯定し、さらに又肯定し、結局人間に関する限りの全てを永遠に永劫に永久に肯定肯定肯定してやむまいとするものである。

諦らめを肯定し、溜息を肯定し、何言ってやんでいを肯定し、と言ったもんだよを肯定し——つまり全的に人間存在を肯定しようとすることは、結局、途方もない混沌を、途方もない矛盾の玉を、グイとばかりに呑みほすことになるのだが、しかし決して矛盾を解決することにはならない、人間のありのままの混沌を永遠に肯定し続けて止まない所の根気の程を、白熱し、一人熱狂して持ちつづけるだけのことである。

引用が長くなったが、ダダにも通底するこの肯定する魂、一旦さら地にした地点から再び立ち上る発条のように柔軟な精神こそ、安吾から小島信夫へと繋がる文学の血脈ではなかったろうか。

小島信夫ほど「解決する」ことに価値を置かなかった作家はいない。いつも「現在」を問いつづけ、「問い」に対しては「答え」ではなく、新たな「問い」を、千石の用語を借りれば「複層」させることで自身の小説のスタイルを築きつづけた作家だった。

「君にとって解決済みのことは書く必要も意味もない。君自身にとっていつまでも謎であることだけを書きたまえ」……私の耳朶で生前の小島さんの声音が蘇える。

　小島信夫が逝ったのは、「あとがき」によれば、本書の編集作業が終盤に差しかかった頃だったらしい。小島がまだ旧制の第一高等学校文芸部委員であった二十一歳のとき『向陵時報』に発表した短篇「裸木」に現われる駒場の彫刻を思わせる裸木のように、小島信夫は、現代文学の太い幹として冬へ向おうとする色のない空を抱いて直立したまま倒れた感がある。ビュトールが言うように、小島作品は作者の死後も樹木のように成育するであろう。

　昨年の『文学界』十二月号に追悼文として書かれた「暗示の文学、鼓舞する寓話」と同じタイトルを副題に持つ本書は、旧版に倍する小島信夫論として私たちの前に置かれている。旧版から二十年の時を経て、千石の内部で小島作品は変容し、成長していったにちがいない。その間も小島は休むことなく書きつづけたのだ。『原石鼎』を、『漱石を読む』を、『X氏との対話』を、『うるわしき日々』を、『こよなく愛した』を、『各務原・名古屋・国立』を、そして最後の作品となった『残光』を。

けれども、この二十年間に書かれた作品群に、厳密な意味での区切りはない。小島は、批評的な本もエッセイも含めて、全てを小説の語法、いわば小島節とでも呼べそうな独特のディテールと語り口で紡ぎ出しているからだ。

そして、遺作『残光』に至って、小島は、自身の過去の作品を解凍し、小説のスタイルによる小説論を展開しはじめる。いや、そう言ってしまうと不正確になる。小島が『残光』で試みたことは、一見小説の解体のように見えているが、小説という形式そのものをモチーフに据えた小説への挑戦なのだ。

旧版を丁度包み込むように構成された本書では、やはり副題となった「暗示の文学、鼓舞する寓話」が印象深い。追悼文として書かれたからでもあろうが、小島作品と作家その人への千石の愛情が熱を帯びて伝わってくるからだろう。そこで胸を衝くのは、『残光』に現われた手塚富雄の小島への言葉だ。手塚は小島の山荘を訪れ、玄関先でこう語りかける。「それにしても、あなたはけっきょく真向から自分に声援をおくりますね」と。千石の「鼓舞する寓話」はここから出てくる。「真向から自分に声援をおく」る作家小島は、そのことによって逆に読者を鼓舞しつづけてきたのだ、と。『別れる理由』以後の迷宮とも言っていい小島作品の謎にもかかわらず、読者が小島作品に惹かれるのは、「真向から自分に声援をおく」る作者のエネルギー、肯定する精神に励まされるからにほかならない。この追悼文を、千石は次のように結んでいる。「小島信夫の文学は、〔……〕いたるところに一人の私を、裸の私を生誕させる寓話であった」と。

Ⅲ 謎の人

小島さんの「初心」

一九三七年二月、二十一歳の小島信夫さんは、第一高等学校の校内誌『向陵時報』に文芸部委員として短篇「裸木」を発表した。活字となった小島さんの最初の小説である。以来七十年、小島さんは書きつづけ、昨年六月、『新潮』七月号に発表した「『私』とは何か――『残光』をめぐって」が絶筆となった。

「裸木」は、駒場の一高正門近くの彫刻を思わせる裸木の描写からはじまり、やがて画家である兄が画題とするために登った郷里近くの丘の思い出へと移っていく。「私」の浪人時代の記憶だ。

文章は、当時耽読した梶井基次郎に似て緊密で硬質なものだが、梶井にはない生命感の横溢があり、そのうねるような律動が特徴だ。


時には可憐な女郎花が無惨に踏みしだかれ釣鐘草の実が執拗に裾にくっつき崖の赤土が、土のまつわりついた岩石と諸共に下の崖へ崩れ落ちた。


引用したのは、画箱を肩に懸け、カンヴァスを手に持った兄を追って、「私」が丘を登って行く場面だ。

昨年（二〇〇六年）十二月二十一日、上加納の善照寺で行われた納骨の儀に私は立ち会わせていただいたが、「小島家先祖代々之墓」と刻まれた墓石の裏面には、小さく「昭和十一年十二月　三代小島信夫建立」と彫られてあった。

昭和十一年と言えば、小島さんが一高に入学するまで、三年間の浪人生活を共に暮した兄勇が、二十四歳の若さで夭逝した年である。ということは、この墓は、その年の十一月八日に逝去した兄のために建立されたにちがいない。愛知県立女子師範学校の美術教師であった兄のことは、『女流』はじめ幾つもの作品に出てくるが、「裸木」が最初であった。この処女作が持つ生命の躍動するリズムは、作者の兄への深甚な愛情を抜きにしては考えられない。それが小島さんの「初心」であったが、生命への哀惜の情こそが、遺作までつづいた小島文学の太い血脈であった、と私は思っている。

物語るということ

三月、久しぶりに県図書館を訪ねた。土曜日だったが予想以上に利用者が多く、図書館が人々の暮らしのなかにとけこんでいると感じられた。

私がここを訪れるのは、実に九年ぶりのことだ。古い手帖を引っぱり出してみると、県図書館で小島信夫さんを囲む文化フォーラムが行われたのは、一九九八年十月十一日で、私は、前日から長良川堤沿いのホテルに小島夫妻、パネラーの山田智彦さんとともに泊まり込んでいた。

この文化フォーラムのテーマは「物語るということ」で、その年の読売文学賞受賞作となった小島さんの『うるわしき日々』のなかから、私が選んだ言葉だった。この作品のなかで、認知症が進行してゆく妻をかかえた主人公の老作家がこう呟くのだ。「私たちには物語ることが必要だ」と。

この言葉は、自身の記憶を喪って、人格が崩壊してゆく妻と暮らす主人公にとって切実な響きを持つ。つまり、病んだ妻は、彼女自身の「物語」を喪失してゆくのだ。

このフォーラムに参加した五人のパネリスト（私を含めて）のうち、二人はすでに鬼籍の人である。ということは、私たちは、岐阜を代表する二人の作家、小島さんと山田さんを、たった八年の間に失ってしまったことになる。

小島信夫さんの遺作『残光』には、『うるわしき日々』のその後が描かれている。認知症の老妻は、もはや夫の世話で暮らすことができなくなり、施設に入っている。老作家の「ノブさん」は、時折妻を見舞うのだが、妻にとって夫は、すでに見知らぬ人でしかない。車椅子に乗って何の反応も見せない妻の前で老作家が蹲《かが》んで嗚咽する場面がでてくるが、そこでは私は泣かなかった。涙が止まらなくなったのは、「ノブさん」の呼びかけに、一瞬目を開けて微笑んだ妻が、再び眼を瞑って「お久しぶり」と言う最後の場面である。そこには、確かに一条の光が差していた。

追悼文の恐さ

昨年（二〇〇六年）、三十数年間親交を重ねてきた二人の大先輩を喪った。彫刻家で詩人の飯田善國さんと小説家の小島信夫さんである。

私はこのお二人のためにそれぞれ、『現代詩手帖』と『中日新聞』に追悼文を書いた。

追悼文を書くなどということも、僭越なことかもしれないが、日本のジャーナリズムが培ってきた美風の一つだと私は思っている。

はじめての追悼文は、一九八四年十一月、雑誌『世界』に書いた俳優にして詩人の内田良平さんについてのものだった。それから、ほぼ数年置きに、私は追悼文を書いてきた。岐阜県出身の文芸評論家篠田一士、名古屋大学の恩師川崎寿彦、私の処女出版『内なる中原中也』の版元社主堀内達夫、大岡昇平、田村隆一、そして、河出書房の名編集長坂本一亀について。

けれども、一年に二度追悼文を書いたのは昨年がはじめてのことで、悲しみと同時に驚きでもあった。いよいよ、追悼される側の順番待ちかもしれないぞと思ったからである。自分にとって大切な人達、無論ほとんどが年長の人だが、作家や詩人や画家ばかりでなく編集者や友人を含めて、幽明境を異にしてゆく現実を、ここ数年幾度となく私は味わったことになる。

東京から来る案内状も、偲ぶ会的なものが多くなってきている。仕方のないことだが、私を育て励ましてくれた人達の肉体や肉声にふれることはもうできないのだ。

しかし、一方で、私は追悼文を読むのが好きだ。私の好きな作家や詩人の追悼特集号は大抵買い求めている。中原中也、小林秀雄、三島由紀夫、吉行淳之介、大岡昇平、田村隆一……(中原中也は復刻版である)。

追悼文には追悼される当の作家と、書き手との関係が否応なくあぶり出される。で、書き手の哀惜の情の深さが文章を輝かせるのである。そのとき、試されているのは、いつも追悼している当人であることを忘れてはならない。

笑顔の不在

いま、岐阜県図書館で「小島信夫展」が開催されている。没後初めての回顧展で、代表作『抱擁家族』『別れる理由』の生原稿をはじめ、初版本、直筆の創作ノート、死の直前まで愛用した遺品や、小島さんの生涯を辿る貴重な写真類が展示され充実した展覧会となっている。

専従の学芸員がいる文学館でもない公立の図書館で開催される文学展としては、この小島展は他に誇って良いものだと私は思っている。

六月十三日のオープニングセレモニーには小島さんの長女井筒かの子さん御夫婦も列席され、アドバイザー役を務めた関係上、私も吉田豊先生とご一緒に参加させていただいた。印象深かったのは、かの子さんの代わりにスピーチをされた井筒征彦氏が、「義父は実に濃密な人生を送った人だったことを改めて知りました。私は義父がこんなに立派な人だったとは気づかないでいました」と語ったとき、傍らのかの子さんが涙を流されていたことだった。

芸術家を父に持つ家族の苦労を私はよく知っている。父が芸術にうつつを抜かしていることは、家族にとって厄介なことだ。とりわけ、その父が小説家である場合、厄介さは一筋縄ではないだろう。ましてや、小島さんは、自身の小説の中心に、「家族」を据えていたのだから。

その開会式後行われた第五回小島信夫賞の授賞式で、かの子さんは賞状、副賞のプレゼンターを務めた。第四回までは、小島さんご自身が務められた役割だった。

授賞式には、古田肇知事も出張先から駆け付けて下さり、少人数ながら華やいだ式となった。小島さんという主柱を喪った文学賞の今後に不安を抱いていた私にとって、知事の列席は実に心強いものであった。

しかし、やはり小島さんの不在は寂しかった。あの人を包み込むような人なつっこい笑顔を私は会場に探していた。

小島さんの詩心

二〇〇八年九月二十一日、私は県図書館で講演をした。開催中の小島信夫展の関連企画で、タイトルは「現在を問う文学」というものであった。

　私が小島さんについて岐阜で話をするのは、これで三度目である。一回目は、十二年前、まだ小島信夫文学賞が創設される前で、県芸術文化会議の文化講座の一環だった。確か大江健三郎氏がノーベル文学賞を受賞した翌年だったと思う。「核」の脅威のもとに始まった戦後社会で「日本の中のアメリカ」というテーマを自身の日常を軸に描き出した小島文学の特色について、私は話し、『抱擁家族』が中心となった。

　二回目は、昨年の六月で、郷里岐阜を描いた短篇群や、芥川賞作品「アメリカン・スクール」に触れながら、私自身の小島さんの思い出をユーモアを混じえながら語ったように思う。そのときは没後八カ月しか経っておらず、作品よりも小島さんの人柄を伝えたいという気持ちが強かったのだろう。

　九月二十一日は、宮澤賢治が七十五年前「南無妙法蓮華経」と唱えながら逝った日でもある。私は、賢治の詩句「打つも果てるも火花の命」を講演の冒頭で紹介したいと思っていたが、ウィリアム・サローヤンの言葉を引用しているうちに忘れてしまった。サローヤンが作家志望の青年たちを励ます言葉と、この詩句とは響き合っていたのである。「打つ」は相手を倒す、「果てる」は命果てるの意味だ。打つ方も打たれる方も同じように火花の命を燃やしていると賢治はうたっている。

講演の最後に『美濃』の末尾を飾る詩を、私は朗読した。

ひとに
愛せられたというおもいはいいものだ
いつも　匂いやかなそよかぜの眼のように
ひとしれず
こちらをむいてまたたいている

（殿岡辰雄「愛について」）

三連、十三行の短い詩だが、命を哀惜する愛の力がさりげなくうたわれていて心に沁みこんでくる。散文精神の権化のような小島さんの内奥に、こうした詩心が泉のように湧いていたのである。

謎の人

私が河出書房新社に入社したのは、一九六八年四月のことだ。が、それから二カ月もしない新入社員研修中に会社は倒産してしまった。会社更生法が適用され出版業務が再開されたのは、その年の秋ではなかったろうか。

私が配属されたのは、編集一課、つまり日本文学の書籍編集部で、グリーン版というコンパクトな日本文学全集が最初の仕事であった。この仕事のお陰で、私は井伏鱒二、野間宏、武田泰淳、大岡昇平、井上靖、大江健三郎といった作家たちにお目にかかることができた。

学生時代から偏愛していた吉行淳之介さんにお会いしたのも、この仕事の近代詩のアンソロジーに月報原稿を頂くためであった。

それは、一九七〇年のことで、上野毛のお宅へ伺うと、半地下のような応接間に現れた吉行さんは若々しいパジャマ姿で、相手を包み込むような低い声で「君はどこの出身だい」と訊かれた。後日、田村隆一さんにも初対面のとき同じ質問をされたから、これは東京育ちの人の社交術であるらしかった。出身地を知ることで相手の人格の輪郭を摑むのである。

「岐阜です」と応えると、吉行さんは含み笑いをしながら、「じゃあ、悪人にちがいない。これは油断ができないな」とおっしゃった。

後から気付いたのだが、吉行さんにとって岐阜人の代表は、なんと言っても小島信夫以外にはなく、小島さんの独特な印象が私にまでおよんだのである。その意味でも「悪人」は、一種のほめ言葉にちがいなかった。

吉行さんのところへは、実によく伺ったが、別に担当編集者ではなかった。一九七一、二年のころだ。

で、吉行さんが岐阜の「悪人」の代表と考えていた小島信夫さんの担当編集者になったのは、その少し後だったと思う。

当時小島さんは文芸賞の選考委員をされていたから、入社以来毎年の文芸賞のパーティーでお会いしていた。岐阜出身で、小島さんの旧制岐阜中学（現・県立岐阜高校）の後輩であることも初対面の時に申し上げていたが、私のような新米編集者が、親子ほども年の違う谷崎賞作家の担当になるなど思いもよらないことだった。

私の記憶では、戯曲『どちらでも』の俳優座公演を編集長の藤田三男氏と一緒に見ているから、その頃から担当者になったのだと思う。一九七〇年十一月のことで、この上演中に三島由紀夫が割腹自決をとげているのだ。

小島さんの二作目の戯曲『一寸さきは闇』の上演は、二年後の一九七二年十一月で、劇団「雲」によるものだったが、このときは演出も小島さん自身が手がけている。

私が手がけた『一寸さきは闇』の刊行は、翌七三年四月で、同じ年の三月、小島さんは『私の作家評伝』Ⅰ、Ⅱで芸術選奨文部大臣賞を受賞していた。

その前後、私は比較的足繁く、国分寺の登り坂に立つモダンな小島邸へ通った。一九七二年の暮れごろだった。応接間でいろいろお話をしていて、何かのつながりで小島さんが「ところで岐阜のお父さんはどうされていますか」と訊かれた。私は口ごもりながら「父はこの二月に他界しました」と応え、黙ってしまった。そんなに長い沈黙があったわけではなかった。が、小島さんは突然立ち上がると、「そうですか。じゃあ、今日はこれで」と言われた。

不意をつかれた私は、反射的に立ち上がり、気まずい挨拶をして辞退したのだが、玄関を出て三角形の池がある煉瓦の床を歩きながら、小島さんの態度の急変が腑に落ちなかった。

父の死を伝えた後、私が見せた感傷的な表情が、小島さんにとって不快だったのではないかとも思ったが、会話の途中で立ち上がった小島さんの心の動きは、四十年近く経ったいまも私にとって「謎」である。あのとき、小島さんの脳裡に、父、兄、姉と毎年のように続いた身内の葬儀の日々が一瞬蘇ったのではないだろうか。

『一寸さきは闇』の頃

二〇〇〇年制作のリーフレット「名古屋シェイクスピア研究会活動記録」によると、一九九八年三月十四日、中京大学の一室で、私は「自殺志願者としてのHamlet」と題した講演を行っている。

名古屋大学の山田耕士氏をコーディネイターとした研究会は、南山大学の岩崎宗治先生をはじめ、東海地区を代表するシェイクスピア研究家ばかりである。それらの人の面前で、よくも厚顔に話をしたものだ。

この会の少し前、私は『ハムレット』のパロディー「エルシノア偽書残欠」という作品を書いていたから、そのテーマである王子の狂気がデンマーク王家を滅亡へと導くという視点で話したのだと思う。

小島さんの演劇論「演劇の一場面」のことを知ったのは、この研究会の直後だった。この研究会の会報に小島さんのシェイクスピア論を載せたいという話が持ち上ったからだ。そこで、当時新設されたばかりの小島信夫文学賞のコーディネイター兼事務局長として頻繁に連絡を取っていた私に依頼役が廻ってきたのであった。

この依頼に対し小島さんは、いま新しくシェイクスピアについて書く時間はないけれども、以前『ユリイカ』に連載したエッセイのなかにハムレットについてのものがあるからそれを再録してほしい、と言われた。

で、私は一九八六年五月から翌年の十二月まで『ユリイカ』に連載された「演劇の一場面」の存在を知ったのである。そのとき、この連載が本になっていないことも小島さんから聞いた。

しかし、このときは、研究会の方が新稿を望んだため、私はこのエッセイの全容を調べないままに終わってしまった。

再び「演劇の一場面」を調べ直したのは、昨年(二〇〇八年)、岐阜県図書館で没後初の小島信夫展が企画され、私がこの展示会のアドバイザーを依頼されたからである。

　この企画に一年ほどかかわったおかげで、私は国分寺の小島邸を訪ねるようになった一九七〇年以後の小島さんとの日々を思い出した。初対面の小島さんは、五十五歳のときに『抱擁家族』で第一回谷崎潤一郎賞を受賞されてから五年ほどが経っていた。私はといえば、河出書房新社入社二年余りの新米編集者であった。私が担当編集者となったのは、おそらく小島さんの旧制岐阜中学（現・県立岐阜高校）の後輩だというだけの理由だったのではないだろうか。小島さんにとってははなはだ迷惑な担当者だったと思うのだが、ちょうど息子ほど年齢差のある私に、小島さんは実に丹念に話しかけて下さった。そして、ある日、小島さんは、当時の新刊書ヤン・コット著『シェイクスピアはわれらの同時代人』を読むよう薦めて下さったのだ。現在までつづく、私のシェイクスピア好きは、小島さんのこの一言からはじまっていたのかもしれない。

　私はその後五年ほどで河出書房を退社してしまったから、在社中に編集した小島さんの本は、一九七三年一月、『文芸』に発表された戯曲『一寸さきは闇』一冊きりだ。いままでも鮮明に憶えているのは、カバージャケットを飾った渡辺可久氏の抽象画で、階段に斜めに大きく描かれた片方のスリッパと、エロチックなリンゴの断面図が印象的だった。小島さんの戯曲は、その二年前刊行された『どちらでも』と二冊だが、この前後、小島さんは自身で演出を手がけるなど、かなり演劇にのめりこまれていたように見えた。

この稿のためにその頃の手帖を取り出して見ていたら、一九七二年のところに、『一寸さきは闇』についての私の寸評が見つかった。「小島信夫の戯曲『一寸さきは闇』の台詞は、舞台の上の人々の間を、たとえばボールのようには投げ合われない。〔……〕それぞれの人物がお手玉のように自分の台詞を宙空に投げ上げ、自分で受け取っているばかりだ」

二十七歳の私は、それが小島流ドラマトゥルギーの新しさだ、と書いている。

小島さんの戦争体験

二〇〇八年九月二十一日、県図書館で現在開催中の小島信夫展の一環として小島文学について話をした。小島さんが逝去されたのは、おととし（二〇〇六年）の十月二十六日のことで、三回忌に近い講演となった。

小島さんは、現在の岐阜市加納安良町で生まれ、生後間もなく幸ノ町に移り、その地で成育した。

生まれたのは、第一次世界大戦が勃発した翌一九一五年で、白山小学校を卒業し、県立岐阜中学（現・県立岐阜高校）へ入学したのは、芥川龍之介が自殺した一九二七年である。この年、金融恐慌による不況のただ中で第一次山東出兵が行われている。戦争へと傾斜していった暗い不安な昭和の幕開けである。

二・二六事件の前年一九三五年に第一高等学校へ入学、文芸部員となった一九三七年日中戦争が始まる。この戦争の時代に青春期を過ごしたことが、小島さんの文学的出発を遅らせたと私は思っている。けれども、そのことが小島さんの骨太な文学を生んだのである。

東京帝大英文科を卒業した小島さんは、翌年二十七歳で岐阜の中部第四部隊へ入隊、中国北部の大同へ赴き暗号兵の教育を受け、二年後朔県で暗号兵となっている。

敵軍に解読されない通信文を作成するという特殊なこの任務が、後年小島文学の足腰を鍛えたにちがいない。

小島さんはよく言われたものだ。「文学において解決するということは何の意味もない。君にとって謎であることだけを書きなさい」と。

いまも、あの柔らかい包み込むような声とともに、この言葉が、私の耳朶でよみがえる。

愛の記憶

小島信夫さんの三回忌よりも一週間早い十月十八日、小島さんの菩提寺である上加納の善照寺の墓地へ墓参に行った。

一人ではない。芥川賞作家で小島さんの古い友人である三浦清宏さんご夫妻と一緒だった。

命日に近いその日、三浦さんは、茨城県ひたちなか市の自宅から遠路岐阜県図書館の小島信夫展を見に来てくださったのである。新幹線で着かれた三浦夫妻を名古屋駅でお迎えし、西岐阜まで同行した。墓参を提案したのは、その車中である。

電車の中でも、図書館に着いてからも話題は小島さんの思い出に終始した。小島さんは戦後文学の巨人だが、同時に懐かしい魅力あふれる人であった。

三浦さんは『抱擁家族』の後半で、妻時子を失った主人公三輪俊介の家に同居する山岸という青年のモデルである。つまり、小島さんが妻を癌で失い、再婚するまでの間、最も近くにいた人物なのだ。

三浦さんの思い出話の中で、再婚された愛子さんが三浦さんと同じアパートの住人で、三浦さんの部屋の前をたまたま通りかかった着物姿の愛子さんに小島さんが一目ぼれしたことが再婚へつながったことを私は初めて知った。

認知症が増悪していってからも、愛子さんを優しく介護されていた小島さんの姿を私は目撃しているから、一目ぼれだったということが切実に感じられた。そして、『美濃』の最後を飾る詩「愛について」の次の一節を想い起こしていた。

ひとを
愛したという記憶はいいものだ
いつも　みどりのこずえのように

たかく　やさしく
どこかでゆれている

小島信夫の思い出

一九六八年三月、私は、生活の拠点を名古屋から東京へ移した。大学を卒業し河出書房新社に入社したからである。

新入社員教育を受けていた五月、突然河出書房新社は倒産した。会社が落ち着き社員が五百人から百五十人に整理されたのは、一年程が経ってからではなかったか。管財人が決まり企画が整理された。私たち新入社員が組合員になれたのは、詩人の清水哲男氏の一言によっている。彼は新入社員と外で顔をあわせられないような事はやめようと言ったのだ。私たちが配属されたのは翌年である。私は、日本文学編集部に配属されたが、一年程でうつ病になり休職した。その間岐阜の実家に帰った。私は会社を辞めるつもりでいた。休職後再び職場に戻ったのは同期入社の友人達の励ましがあったからである。

一九七〇年七月、私は職場に復帰した。私が新しく企画会議に出席したのはカラー版『日本の古典』のときである。

カラー版『日本の古典』は、与謝野晶子訳の『源氏物語』に始まる古典の現代語訳である。私はこの時から見習い編集者を始めた事になる。手帳には安東次男、森三千代、池田弥三郎、近藤芳美、金子兜太等の名前が書かれている。頻繁に会っていたのは、小林一茶の評伝を書いていた金子さんだ。

九月になると黒田喜夫、田村隆一、吉本隆明、吉増剛造、天沢退二郎等の詩人の名が出て来る。「同時代の詩」の企画が始まったからである。頻繁に会っていたのは田村隆一さんだ。

翌年からは「新鋭作家叢書」が始まった。大庭みな子、真継伸彦、黒井千次、辻邦生、佐木隆三、田久保英夫の名前が現われる。

この間、私は小川国夫さんの担当編集者になっている。

小島信夫さんの担当になったのはこの年の十二月からである。

手帳に渡辺可久さんの住所が書いてあるがそれは、小島信夫さんの『一寸さきは闇』という戯曲の装丁のためである。私はこのドラマを劇場で見た。この時江藤淳さん、古井由吉さん達が来ていた事を覚えている。

私は、旧制岐阜中学の小島さんの後輩だ。その事をお会いした時最初に話したような気がする。多分文芸賞のパーティーだったと思う。

私は一九六五年七月、『抱擁家族』を『群像』誌上で読んでいた。まだ名古屋の学生だった時で、強烈な印象を持った。世界的な作品に出会った瞬間だった。

その印象が強かったので、小島さんに会った時萎縮していたと思う。

『一寸さきは闇』は『文芸』に発表された後単行本になったが、私がした事は渡辺可久さんのカバーの絵を選んだだけである。

私は小島さんの国立の新しい家に伺い、東京育ちの美しい愛子夫人の手料理をいただいたりした。

小島さんは、文学の話しかせず、特に当時はシェイクスピアとカフカの話題が多かった。私は先生の話を聞く学生の気分だった。

ある時、中野の居酒屋で落ち合った事があった。そこでも小島さんは文学の話しかしなかった。

小島さんと私は父と息子の関係に近かった。けれども、文学に関してはいつも対等な立場で話をしてくれたが、それがどこから来るものなのか、よく分からなかった
その頃小島さんから来たハガキがある。

拝復　昨夜奥さまのお母様が亡くなられたとの御知らせお受けいたしました。それから富有柿お送りいただきまして　家内からそのことといわれ柿も賞味いたしました。本日机の抽出を整理中　まだ御礼を申さずにいること（お悔みは勿論のこと）気がつきこれは失礼をしたと驚きました。どうか御寛し下さい。当時二人めの孫が出来家を息

子夫婦に占領されホテル住まいをして仕事をしていましたので、失念いたしたのです。
奥さまにも宜しく御伝え下さい。

日付は昭和四十九年一月十日である。前の年妻の母が死んだ。岐阜の母が富有柿を小島さんに送ったのであろう。

私は、一九七六年(昭和五十一年)三月に河出書房新社を辞めているから、小島さんとの関係は薄くなるが、一度奥さんから電話があった。明治大学の講師をしないかと言うものだった。しかし、文学の講師である。私は法学部の出身である事をお話してお断りした。小島さんが電話を代って不機嫌そうに「それは仕方がない」とおっしゃった。私の生活を心配されての事だった。

一九八三年四月、私は詩集を出版した。その時も小島さんからハガキを頂いた。

拝復　昨日『振動尺』いただきました。詩を書いていらっしゃったとは知りませんでした。さっそく　くりかえし読んでいます。これから何度もそうするだろうと思います。ぼくは自分が詩人でないのを残念に思いました。

御礼まで　不一

詩集『振動尺』は、十年間に書いた詩篇から選んだもので、表題は若林奮さんの彫刻作品から採っている。

青い魚族の夏が過ぎた
ふたたび　両棲族の秋だ
ぼくたちは　すでに
共生水域を追われた

時計のように透明で

夕焼のように精巧な鰓も
もう　喪くした

（「わが新約」）

詩集を出して二カ月、私は新潮新人賞の最終候補にはなったが受賞は逸した。実際に受賞したのは翌年の六月である。

受賞した時、小島さんは不機嫌そうに「他に仕事はあるんだろうな」と言った。小島さんは小説だけで食べて行けるとは思わないように注意したのである。

受賞のせいで編集の仕事は急速に減っていった。この時から二年程で私は東京の生活に見切りをつけて、妻の実家がある刈谷に引っこんだ。

小島さんと再び連絡をとったのは、岐阜県で文学賞の仕事が始まったからである。一九九六年頃からだ。

最初岐阜の文学賞は小島さんの名を冠するものではなかった。小島信夫文学賞を提案したのは私である。小島さんはなかなか承諾してくれなかった。

「ぼくの名を冠した文学賞はムリです。そういうのは今まで一つもありません。（生前……）」という手紙が残っている。しかし、小島さんが受賞している谷崎賞は、谷崎が生きている時に創設され、小島さんが受賞した時には亡くなっていたのである。私はその事を小島さんに伝えた。それでも小島さんから承諾の返事は二年近くもらえなかった。ようやく小島賞の準備委員会が岐阜で催された時、会場で小島さんが突然「皆さん、文学賞はやっぱりやめましょう。その代り皆さんで同人雑誌を始めませんか」とおっしゃった。

皆は唖然として返事ができなかった。

私は小島さんが最後まで迷っていた事が分った。

最初私は事務局長になり、選考委員は小島信夫、古井由吉、山田智彦、吉増剛造の四人だった。

私が選考委員になったのは三回目からである。山田智彦さんが急逝したからだ。

受賞作品が決まってくると、小島さんは熱心になった。

授賞式には毎回愛子夫人と岐阜へ来て、二、三日滞在した。講演をし、小旅行をして帰郷を楽しんでいた。

電話連絡が多くなり、電話口で小島さんは自分が読んでいる本を朗読したりした。時には愛子夫人との会話について長々と話した。

「あなたが死んだら私はどうすればいいの」というような会話を率直に話された。私はどう答えていいのか分らず、ただ黙って聞いている他なかった。認知症が進んでいる老夫人との会話には切実なものがあった。

電話での会話には貴重なものが沢山あったが、私は記録していなかった。今となっては残念なことに思う。

「君はなかなかの人だね」というのが私の反応に対する誉め言葉だった。その言葉を聞きたいばかりに私は調子にのって話をした。

小島さんが最後に授賞式に来たのは第四回で、『残光』を手伝った山崎勉さんと一緒だった。大変お元気で受賞者をはじめ全ての関係者に喝を入れ、帰っていかれた。倒れられたのはその四日後である。脳梗塞だった。

私は授賞式の疲れから倒れられたのではないかと心配したが、医者はいつ起っても不思議はないと言った。

すぐに見舞に伺ったが小島さんはもう意識がなく、呼びかけるとただ左足をバタバタさせた。まるで私の呼びかけに返事をしているように思われた。

二〇〇六年十月二十六日、小島さんは亡くなった。享年九十一歳だった。私は密葬も失礼するつもりだったが、山崎さんは「あなたには責任がある」とおっしゃったので、急遽上京した。

骨揚げの時、保坂和志さんと骨を拾ったが太くて大きな骨だった。大庭みな子さんへの久し振りの手紙にその事を書いた。彼女は最も頻繁に小島さんと連絡をとっていた作家であったからである。

大庭さんは『群像』一月号の追悼文の枕に私の事を書いていた。

三十年来音沙汰のなかった元河出の編集者の青木健さんから手紙を戴いた。彼は小島氏の岐阜における小島信夫文学賞の運営などにも深く関わり、小島さんが倒れる直前にも度々お会いすることがあり、岐阜に戻られたときの小島さんの元気振りなども知らせてくださった。その中に「密葬に参加して保坂氏などとお骨を拾いましたが、ボートの選手でもあった小島先生の骨の太さに驚きました」とある。

大庭さんは私が新潮新人賞をとった時の選考委員である。授賞式の時大庭さんは「あなたを知っていたから推した訳ではない。これからはもう私に会いに来ない方がいい。そうしないとあなたの作品は小さくなる」とおっしゃった。その時から私は大庭さんに連絡をとっていなかった。だから三十年というのは大庭さんの記憶違いであろう。おそらく二十年程である。

大庭さんは「日本の文学の一角を支えていた骨太の存在が脆くも消えてしまった現実にはただただうろたえるだけである」とその追悼文に書いていた。

今、骨太の小島さんの声が蘇る。『残光』を書いていた時、小島さんは頻繁に電話をくれた。内容はいつも小説論で、長い話のあときまって最後に嘆息のようにこう言った。

「小説とは一体何だろうね」と。

Ⅳ

四十年後の『抱擁家族』

対談　小島信夫×青木健

『各務原・名古屋・国立』以降何を書くか

青木　一番新しい作品「ラヴ・レター」(『新潮』二〇〇四年六月号）は、『静温な日々』を読み返す作品です。その『静温な日々』は、また、『うるわしき日々』へとつながるような日々ですよね。『うるわしき日々』に道に蹲んで泣かれる場面がありますね。そこではアルツハイマーの奥さんを抱えた日常が、ほとんど日を追うように書かれています。そのあと書かれた『各務原・名古屋・国立』も、やはりつながっていると言えばつながっているんですが、老作家がいろんなところに講演に呼ばれる。まず各務原で話をする。名古屋では中部ペンに呼ばれて話をして、ということを枕にしながら作品は展開していきます。国立だけは違いますが。国立のところでは、過去の話ですが、国立の住人の山口瞳さんが自分の家を覗きにくるという話もありました。最後のところで、ニューヨークで旅客機が世界貿易センタービルに突っ込んで崩壊する9・11の世界的大事件が起きるところで終わっている。

小島　あれは、市ヶ谷から帰ってくるんですよ。娘が、テレビの映像に目を奪われて玄関へ迎えに来ないんです。

青木　ところで僕は初出雑誌『群像』で『抱擁家族』を初めて読んだのですが、ものすごい衝撃を受けました。確か発表は昭和四十年、一九六五年ですね。ということは言ってみれば『うるわしき日々』は三十年後の『抱擁家族』というのがテーマですよね。今は二〇〇四年ですから、小島さんの読者ならば四十年後の『抱擁家族』はどうなるんだろう、と考えると思います。

9・11の事件と、夫婦の問題、アルツハイマーの奥さんの問題は偶然重なっただけですけれど、そこで終わっている。読者が一番読みたいのは、歴史的・国際的問題としての9・11というのではなく、9・11以降の老作家夫婦はどういう展開をしていったか、ということだと思います。おそらくあそこは『静温な日々』以後の全部の作品の面白さが出ましたよね。『うるわしき日々』よりも『各務原・名古屋・国立』の方が方法的に書かれていて評価が高かったというのは、『うるわしき日々』は、新聞連載で毎日三枚ずつ書いていくという同時進行的な小説だった。どこかで新聞の読者が読めるように、という意識があったと思う。『各務原・名古屋・国立』は、自分の好きなように書こうというところで書かれた。しかも偶然の産物である9・11があった。このことと奥さんのアルツハイマーがまったく関係のない事件でありながら、何か同じように起こってしまったということの偶然性ですね。それが今から思っても、ある歴史的な時間になってしまった。そうすると、その後を現役の作家として書いて欲しいです。話してしまったら書きたくなくなってしまわれるかもしれませんが（笑）。

小島　最後のところで、今や家族問題の難しさと世の中の難しさは同じになっている、そういう終わり方をした。それはなお、これからだ、と思う。でもあそこはあれで終わっているのでね。それから後のことはイラク・アフガニスタン問題の難しさと家の難しさ、どちらもいわく言い難い複雑なむずかしさがある。

『各務原・名古屋・国立』以降何を書くか、という問題。その難しさはどこの家にも晩年に起こる難しさです。今まで付き合ってきた人間との関係や、子どもたちが家に入ってきて家の手伝いをしなければいけなくなる問題。その人たちがだぶってしまい、そこでいざこざが起こる。その問題を書くことがなぜ難しいか、というと、どこにでもある問題だけど、仕事に関係して付き合っている人たちは、大事な問題に関わっていると思っているんですよ。小島信夫なら小島信夫という作家に。一番知っているのは我々だ、と思っている。事実そこには家族はいません。家族は自分の生活はあるけれど、親のことを考えていないわけがない。いろんなことで考えている。そこのところ、関わり方の分野が違う。ところが最後になってうちのなかに入ってくると、家族問題と重なるところがある。その問題は、突き詰めていくと、再婚したことによる影響とか、そういうところから起こってくる問題でもある。家族問題と仕事の問題が長年のあいだでだんだんつながってくるところがあったから。そこが僕が外で付き合っている友人・若い友人が自信があるところですね。ところが家族にしてみたら、「私たちの方が深い関係ですよ」とまるで息子みたいな顔をしている人がいるとしますと、怯えるわけです。「何しに今頃来たんだ」、「親のことを世話するのは当然じゃないか、あなたこそ何ですか」とこうなるわけです。この頃、いろんな人の話を聞いてみると、みんな同じ問題なんです。長く仕事を一緒にやってきた人たちがうちに出入りしますと、自分のうちの書斎が編集者の仕事場でもあるわけですから、「そこへやってきて大きな顔をして」となる。娘、息子たちは外で仕事をしていてそこに参加しませんから、(息子の)嫁さんがたまたまそこにいる。お母さんがいるうちは、お母さんがみんな知っている、お母さんが死んでしまうとおじいちゃんと、嫁さんがお菓子をもって入ってくる、そうすると、ものすごく苦々しいんです、人のうちに大きな顔をして入ってくるのが。そんなケースが多いんです。

青木　それは公私が一緒になっているからですね。例えばビジネスマンで社屋があって仕事をしている人の出入りの場合は両者のあいだが切れますけれど、プライベートな生活そのものが仕事の人というのは、家庭に入り込みますね。入り込んでそのことが仕事でもあるし、小島さんとファミリーな関係にあるんだと思いこみますね。

小島　しかもそれを書いている人もいる。俳人にしても歌人にしても、書いている内容は小説家と同じで、その人の私生活・家族問題が入ってくる。奥さんがいるうちはよかった。奥さんは全部心得てあずかっている。ところが奥さんが亡くなると、ばん、と切れてしまう。お母さんが生きているときは、お母さんが全部引き受けて何のわだかまりもなかった、家庭であろうが仕事であろうが一体でいいわけです。その問題とよく似ていますが、書くときには非常に難しい。

青木　しかも、特定の個人を傷つけますしね。

小島　ええ。そして自分のこともそれに関わるところが面白い。

老作家の家庭は弱っている

青木　「国立」の終わりの方で、家族の複雑な問題が国際関係の複雑さとだぶっている、という終わり方をされましたね。それと似ていて、老作家を軸とした家族の晩年の複雑さが今自分の抱えている問題だ、恐らくそのことを本当は小説に書かなければいけないかもしれないけれど、それはそんなに簡単に踏み込めたり呑み込めることではない、とおっしゃいました。それはどういうことかというと、ファミリーの歴史がありますね。その歴史のなかで外部にいた人たちは何らかの役割を果たしてきた。家族と平行、伴走して何かをしてきた。そこへ、家族でありながら外へ出た、簡単にいうとお嫁にいったお嬢さんが、何年かの時間を経て、奥さんが手に負えないような重体になったので、帰ってこざるを得ない。そして長い空白を埋めるようにして家族のなかへ戻ってくる。お嬢さんがお留守のあいだに、偽の家族のように付き合ってきた人たちは関係がずれていることをお嬢さんに言われると、そうではない、私たちにはこういう歴史があるのだから、いまどうして排除されなければいけない、という理屈です。その人たちの言い分は、先生は今お嬢さんと重病の奥さんと三人だけで家族を閉じてしまったら、先生の仕事は狭くなりますよ、と言う。ただし自分たちの関係が自分たちでも説明ができないように変わってきていることには気づいていない。そのことと、9・11でアメリカは、アメリカが世界の国々との関係でああいう被害に遭った、ということでパニックになりました。真珠湾以外で外国から空襲を受けたことがない国ですから。しかも戦闘機ではなく自国の旅客機が突っ込んで。あれは空前絶後の事件で、それでビルは消え、何千人という方が一瞬に喪くなる。小島さんの言葉を借りて言えば、アメリカという国家は、「晩年」に入っているのではないか。自分たちのヒストリーとは別に自分たちが建国以来、長いとは言えないながら持っている歴史で培ってきた堆積のなかで、国際関係が変化していることに気づいていないのではないか。その問題と、老作家の晩年が重なるのではないでしょうか。

僕たち読者から言えば、書きにくい素材だけれど、こんなに国際関係と「国立」以降の老作家の家庭の問題がだぶって見えてくるような世界は恐らく今しかないのではないか。それを踏み込んで書かれれば、イラクのこともアルカイダのことも、小説には出てこなくてもいいんです。でも家庭が持っていた歴史が、晩年になって娘が戻ってきたことによって、家族の関係が変わる。そうすると、老作家を軸にしていた友人関係が排除される。その排除されている関係というのは国際関係に非常によく似ています。或る意味では。

小島　そうかもしれない。

青木　どちらに正義がある、というのでもない、というところも似ている。もっと言えば、老作家の家庭は弱っている。不躾な言い方だけれども、弱体化している。だからいろんなところから入り込まれる、と言ったら変だけれど、外の圧力を感じざるを得ない。これは僕の想像ですが、お嬢さんは弱っている家庭を果敢に守らなければならない、私がなんとかするんだというところにいる。とりあえず周りの関係を排除して作り直さなければいけない。これは外から見ていての理屈で、一つの解釈でしかなくて何の意味もないかもしれないんだけれども、どこかそういう意識がなければお嬢さんは外の人たちに対してヒステリックになる必要はない。ヒステリックになるのは、大体自分が弱っているときなんです。それが今の「国立」以降の家族の問題の姿ではないか、という感じがします。

小島　それはその通りです。そういう解釈で言えば出てくることですが、新しい変化について、娘にしてみたら、今までは来ようにも来られなかったけれど、やっと私はこのうちに戻ってきた。前だってお父さんやお母さんを助けようと思ったけれどうちの方も大変だったから来にくかった。ようやく来られるようになった。そうしたら僕もそうですよ、と若い友人も言った。僕もようやく来られるようになった、今までは自分の家族の問題や仕事があったことなどがあったけれど、ようやく来られるようになって今やっているのに、と言って家に来られたら……。

青木　お嬢さんの場合はやっと来られるようになった、ということと同時に自分がどうしても必要とされるべきだ、ということでしょう。だけどその知人の場合は自分の仕事が減って、時間があるから来るわけでしょう。必要とされている度合いの問題ですよね。今まではは小島さんにとって、助けてくれる人として、必要なときに点のように現れてきた。それが何だか遠い親戚がもっと近づこう、というようにして入って来られたら、それは脅威でしょう。

小島　息子が死んだにしても、うちにはいろんな家族がいるわけです。息子の家族や別れた嫁さんの方もね、みんな目を光らせているわけです。うちもみんな対抗しないといけないし。いろんな意味でかかってくる世話を私が全部負おう、と必死になってやろう、将来の計画を立てないといけないというときに、お父さんの月収がわからない、と。僕は学校もやめたし、収入は少なくなってきているけれどうちがやっていけているのは、幸か不幸か多少の年金がある。僕が生きているあいだはやっていけるんです。娘はそれをあてにしているところもある。だから僕を大事にしなければならない。でもお母さんという人は今こういう状況でいろいろ世話をしなければならない。普通のお母さんではなくなってきているから、その世話だけでも気が狂いそうになるくらい。ゼロに近いけれどゼロではないからね。そういうときにやって来て、権利を主張するようなことをしてもらうと、自分は迷惑なんだ、という。その問題が一番大きいんですね、まず。それからやがて小説の話になりますが、そんなことになったのは、お父さんがこんな人を入れたのが悪い、その原因はお母さんにもある。あなたたちが二人で気楽な生活をしてきたから、そこに入り込んできて仲間だと思っている。私たちはその間に何をしていたか、というと必死になって自分の家族の事、子ども三人や、亭主は癌にもなる。兄さんの方はアルコール中毒患者になって入院したりしている。そういう状態を全部抱えているときに、都合のいいときだけ手助けしてくれるのは邪魔だ、くらいのことを言う。この複雑さは、だんだん過去に遡るんです。早く死んだ本当のお母さんの問題や再婚の問題など……。それを積み重ねた上で娘は考え込んでいる。そこまで来られると、一種の箱庭なんです。

青木　さきほどの方が、小島さんたちがどこかへ旅をするときでもなんでも、移動するときの助っ人に必ず現れたわけでしょう。

小島　そうです。老人でしょう。その人を連れて運んでやれば、自分が一緒になって助けになる。

青木　しかも、ハンドルを握っていますから。もちろん希望のところへ行ってあげます、と言うけれどなかば自分に権利・権限がありますからね。

小島　しまいに、私は何かのことでこれをしてやったんだから私のことを忘れてもらっては困りますよ、となる。過去の有形無形の自分の尽力を言い出して、そこまでくるとそれをお金に計算する頭だって出てくるかもしれない。そのややこしい問題を書くことは、正直いって少しも楽しくない。だから書かなかった。書けない。誰にも救いがないから。救いがあるように見えるのは、僕が今まで気が付かなかった過去に遡ってあそこで自分は失敗した、あそこで自分は何かの手落ちがあった、物の考え方に曖昧さがあった、或いは甘い、中途半端な考え方があった、こういうような振り返ってみても仕方のないようなことを全部僕が考え直さなければいけなくなる。そうしなければ人に何か言えないですよ。僕の方は友人関係の親しさのなかで忘れていることもある。そうすると、その問題は自分を責める問題になってくる。家内も責められてくる。最終的には僕自身を責める。責める問題を書くのはいいんです。でもそのときいろんなことが入り込んできて、相手のことも、そういうことを起こしている娘にしてもみんな書かなければいけない。しかし考えてみたら、それも曖昧なんです。その曖昧さも含めてどこの家にもある問題と同じになってくるわけです。しかも外と関わりあいをもっている。

この家族の問題の本質は何か

青木　あらゆる家庭におけるトラブルと似たものになってくるとことはわかりますが、お話の途中ですが、質問があります。お嬢さんが毎日のように小島さんを責めた時期がありますよね。お嬢さんはどんどん過去に遡っていって、どう言ったかというと「お父さんが再婚したことがすべての間違いの始まりではないですか」と言った。その言葉を聞いたとき、僕はハッとしました。なぜならば『抱擁家族』という小説は、癌で死んだ奥さん、もちろんGIとの不倫問題などもあるのですが、それよりも連れ添った人が癌で死ぬということの重みの方がずっと重い、ということがあると思います。あのときの社会的事件はケネディの暗殺と国鉄鶴見駅の二重衝突事故です。あれだって偶然ですよね。そのことで『抱擁家族』の出来事・トラブルが何年くらいの出来事か、ということがパッと浮かぶ。時代的な背景が何も書いていなくてもわかる。「ファイトで行こう。ビタミックス」というコマーシャルが出てきたりするでしょう。あれは幾分変えてありますけれども、そういう元気づけるような飲料水が発売された頃だな、というようないろんなことが思い浮かぶ。ケネディの暗殺はヴェトナム戦争とつながりますが、アメリカ現代史のなかでは、それは今度のイラク戦争までつづいている問題ですね。その四十年……。

『抱擁家族』に戻りますと、ノートにどう書かれたか、というと、「普通は癌で主婦が死ぬところで終わる。ところが私は再婚するところまで書きたかった」という意味のことです。確かに再婚相手が見つかるところで終わります。そしてそれだけでなく、学生とかいろんな人が家の中へ手伝いに入ってきます。それで奥さんがいない家庭というもののぎくしゃくなところを補填しようとする。ところがお手伝いさんにしても、補填はできない。むしろ家族の問題を複雑にしてしまう。それで息子が飛び出すところで小説は終わっているんですね。ですから、四十年後の『抱擁家族』は、お嬢さんが「お父さんが再婚したことが間違いですよ」という発言から始まってもいいのではないか。そのトラブルを起こしてきた人たち、その人自身は自分は汚れていて、私利私欲で入っていこうとはしていないかもしれない。その人たちは自分にはある程度の正義があると思って入ってきている。その辺のトラブルですね。僕が思うには、むしろ老作家はおたおたしていて、正しい正しくないは別として、お嬢さんの方にこの家族の問題の本質は何かが見えている。お嬢さんがお嬢さんとして抱えた問題は『抱擁家族』の頃の四十年前からずっとつながっていて、「お父さんは、何で再婚したんだ、そのことによって私はどういうふうな生活を強いられてきたか」、しかもまた戻ってきた、と。そしてこの家族、お父さんを何とか守ろうとしている、と。その娘さんが言うセリフはすごく重いと思います。

小島　そうかもしれない。

青木　ですから、そのファミリーの問題、どこにでもありそうだ、とおっしゃるけれど、やっぱり『抱擁家族』の問題なんですよ。書きにくいこと、書くことによって自分は何も励まされない、むしろ話をしようとすると嗚咽するくらい嫌なことを思い出す、という作品をどうして書かなければいけないのか、と前におっしゃいました。しかしそうではなくて、お嬢さんに視点を当てたら、晩年の壊れかけている家族が支え合おうとしている姿、それを鼓舞するかたちになるのではないか。もちろん父親には新しい奥さんがいる。でもその奥さんは、記憶が壊れるということで、いないに等しいでしょう。そうすると、『抱擁家族』を建て直すために再婚した奥さんは或る意味で死に瀕している、という今の家族。外へ出て自分の家族を作った娘が戻ってきて、父親を支えようとしている。そこで起こった複雑なトラブル、というふうにして書けば、みんなを励ますことになるのではないですか。

小島　結局ね、娘が冷静になってきたんですね。そういうことによって、彼女自身も自分を客観化するようになった。それまでは自分ではわからなくて、ただノイローゼになっているだけで、わからないから僕の所に訴えてきて、解明しようとするわけです。解明するときに、いろんなケースがあるけれど、いろんな人のところへ行くんです。考えてみると、元があるんだ、と。

再婚するまでに時間がありましたが、今、妻は本当に昔のことを覚えていないんです。その問題にも帰っていきます。この頃『抱擁家族』のフランス語の翻訳がありまして、読んだ人はみんな知っているんですが僕自身は忘れているんです。息子がお母さんが死んだとき「主婦を連れてこい」と言うんです。かなり強烈な言い方ですね。「お母さんはいらない、主婦を連れてこい」と言う。ところがフランス語に「主婦」という言葉がないんですよ。僕にその訳者が「主婦」というのをどう書いたらいいですか、と聞いてくるんです。それはただ面白いから聞くんですが。英語では housekeeper でもないんですよ。日本独特なものなんです。つまり母親が欲しいわけでもない、父親の妻が欲しいわけでもない。どうせ無理だから「主婦を連れてこい」と言う。

『抱擁家族』で息子は「主婦を連れてこい」と言う。つまり条件があるんです。他の者はいらない、と。その残酷な言い方で、彼女は結婚することになってうちへ来た。彼女の場合、その言葉は大きいじゃないですか。うちの息子は割合に奥さんを気に入っていたわけです。しかしやがていなくなった。息子の結婚……アルコール中毒……。

その「主婦を連れてこい」という言葉、ポイントはそれだ、と。そういうところから出発しているのではないか。僕自身は片手に夢を抱いてやってきた。嫁さんの方はなかなか夢を抱きにくい。だからごまかしながらごまかしながら優等生の妻になろう、とやってきた。だけど限度がある。続かない。それを子どもはみんな知っている。僕に言わなくても子どもにはみんなわかる。だからお母さんは信用できない。しかも自分勝手だ、と。自分の息子のことが結局は頭にあるんだ、と。最終的にはああいうことを言ったけれど、息子に相当財産を残しておこう、と思っている。そういうことまで書かないといけなくなる。しかもそれだけではなく、友人が親切にしてくれる、と。その人にも財産をわけてやろうという気持を持ったのではないか、と。そうでなければあんなふうに図々しくうちに入ってくるわけがない。

遡るとそこへ行くんですよ。そこで僕には知らない世界があるんです。妻がまだ元気なときに、電話でやりとりがあったのだと思いますが。子どもに言わせれば「冷たい」ということになるんです。「冷たい」と言って、そうすると愛子さんという人は……。僕がものすごく腹が立つのは、同じ下宿にいましたから。

そのいきさつのところが「ラヴ・レター」です。すでに不幸だから名前を変えた。愛子では不幸になる。そのために一予《かずよ》という名前にした。ラヴ・レターといいながら名前が「一予」になっている。それが問題だ、と書いているわけですが。本当の幸せということをわからずに右往左往していてうちにきたわけでしょう。和夫がもう十八歳になっている。もう十五年前からおかしいんですから。だからこそ新興宗教に入ったりしていろんなことをやってきたわけです。それからどんどん悪くなってきた。その間の問題については、僕の見る見方と、娘の見る見方と、息子の見方と、嫁さんの見方と全部違う。その問題がだんだんわかってきたわけ。ほとんどわかっていると思っていたけれど、そのところで書いていたんだけれども、もっとそれよりも秘密があったんだ、と。奥さんだけのね。それを娘・息子は本当に感じているのかもしれない。息子は男ですから、あまり昔のことをいじりたくないわけです。ところが娘の場合はそれをいちいち引き出しては僕にぶつけるわけですよ。

過去の問題に入っていかないと書けない

青木　あの責め方は、なんだか胃潰瘍で穴があいているところを突つく感じですよね。あなってくるんですね。傷のところを塞ぐのではなくてもっと開いてくる責め方でしょう。

小島　そうすると僕は、その分を補おうと思うわけ。補う理由を考えようと思ってるわけ。そうすると納得がいかない。婿にしてみたら、そんなことはどうでもいいわけです。

娘はもともと、誰が悪い、と言っていたんだけれども、もうそれを言っても仕方がない、ということに近頃なってきた。結局、誰がどうということではなくて、みんなそこで奮闘してきたわけですが、家内は今、話したって何も知らない。ところが、急に娘に「かの子ちゃんじゃない」と言うんですよ。

青木　記憶がまったくゼロではないんですね。

小島　僕のことだって、何かはわかっているようなんです。でも国立の自分の家のことを全然覚えていないんですから。施設が自分の家だと思っている。僕の家を散歩したりすると、「あれ、これはお宅のうちですか?」という感じでね。

青木 笑うべき場所ではないかもしれないけれど、笑ってしまいますね。

小島 そうなんですよ。自分も笑っているときもあるけれど、それは意味が違うかもしれない。隣の奥さんに会うと、娘や息子と同じ歳くらいだから挨拶する。子どもと記憶が入り乱れる。わかるときもあるけれど、それは突然現れてくる。「私のことをアイコちゃんって言うんですよ、この人は」なんて言って(笑)。

そういう調子なんです。度数は5で、重度です。でも上手に引き出すとわかるんです。相模のときのエピソードを話すと喜んだり。でも国立のことは絶対に思い出さない。いろんなことがあってそういう妻と接することが僕の生活になっていたんですが、そのことはいいんです。でもだんだん以前に比べてものを言わなくなってきた。だから小説に書きにくくなってきた。

妻がその施設に入ったことで、娘はホッとしている。だんだんホッとしてきて、娘時代に戻ったようだ、自分の家に今いるんだ、と言っている。自分の子どもも外に出て仕事をしているのだから、今や自分の昔の家に戻っている。そんな具合で、だんだん変わってきました。今の問題だけだったら、本当に書けない。過去の問題に入っていかないとね。ところが辿っていくと、なぜこうなったのか、ということが少しずつわかってくる。初めのうちは単純なことをいっぱい言っていたけれど、単純なことではないということが出てくると、僕と同じになってくる。そのときにはじめてどうやら小説になってくる。娘が冷静になってくる、という少しずつの変化によってね。でも、「私がいて、お父さんがいるのだから、お母さんはまだ幸せだ」と言うんです、「私はどうなるんだ、私は将来こんなふうにいかないかもしれないよ」と。「私はこんなふうに扱ってもらえないかもしれない」と、そこまで言う。

青木　自分の老後につながるわけね。

小島　そうなんです。「そのときまで私は考えなきゃならないんですよ。お父さんはいいでしょう」と。それはそうだ、と。だけど年金が入るから僕が死んでしまっては困る（笑）。

青木　年金のために生きていて欲しいわけではないでしょうが（笑）、いっとき電話にお嬢さんが出られないときが多かった。でも最近はむしろお嬢さんが電話に出てから代わられることが多くなった。ということは外部の人たちに対してちょっと心を開いたわけでしょう。僕は小島家に入っていかないからなおさらそうなんでしょうが、話しかけられるようになりましたよね。その変化のなかで小説の糸口も出てくるのではないか、ということを読者としては大変期待しております。

あとがき

一九六五年七月、私は『群像』誌上で『抱擁家族』に遭遇した。私は二十歳で名古屋の学生だった。それが私の小島信夫さんとの出逢いであった。日本の家庭に入りこんだアメリカをアレゴリックに描いたこの作品に世界文学の広がりを読んだ私は、強烈な印象を受けた。

だから、私にとって小島信夫は『抱擁家族』と切り離すことができない。

その後、私が河出書房新社の編集者として小島信夫担当になったこと、小島信夫文学賞の運営に携わったことは偶然の賜物であった。

けれども、小島信夫文学賞に関わったことで、私は小島さんと濃密な時間を持った。その間、作品論や人物論を頻繁に書いている。また「四十年後の『抱擁家族』」という対談も行った。それらは全て私の個人的な感想である。もっと広く小島作品に触れられなかったかと反省している。

本書には、一九九五年から二〇一七年までに新聞や文芸誌等に発表した、小島信夫さんとその作品に関する評論、エッセイを集成した。内容的に重複する部分もあるが、部分的に表記の調整を施した以外に大幅な加筆修正は行わず、原則として発表時のかたちのまま収録した。

*

最後に、小島信夫文学賞に関わらせて下さった恩師吉田豊先生に、また、小島さんの私信を始め、対談等の掲載を御快諾頂いたご遺族の井筒かの子さんにも御礼申し上げます。

この一冊の本を編集して下さった水声社編集部の小泉直哉さんに感謝している。
この本を読んで、小島作品と人物に魅力を感じて頂ければ幸いである。

小島さんの命日に近い日に

青木健

初出一覧

I　『抱擁家族』をめぐって　1：『海』一九九六年一一月／2：『海』一九九七年五月
3：『海』一九九七年一一月／4：書き下ろし

II　小島信夫の文法

小島信夫の文法　『季刊文科』五五号、鳥影社、二〇一二年二月

「階段のあがりはな」について　『季刊文科』六八号、鳥影社、二〇一六年四月

未完の相貌　『小島信夫短篇集成①　小銃／馬』月報、水声社、二〇一四年一一月

『抱擁家族』の時代　『岐阜新聞』一九九五年一二月二日

小島批評の魅力　『中日新聞』二〇一〇年二月一八日

小説の鏡としての演劇　『聖教新聞』二〇〇九年五月一九日

コジマの前にコジマなく……　『小島信夫長篇集成⑤ 別れる理由II』月報、水声社、二〇一五年九月

小島信夫さんを悼む　『中日新聞』二〇〇六年一〇月二七日

裸の私を生誕させる文学　『図書新聞』二〇〇七年二月二四日

III　謎の人

小島さんの「初心」　『ぎふ文化』二〇〇七年三月

物語るということ　『ぎふ文化』二〇〇七年五月

追悼文の恐さ　『ぎふ文化』二〇〇七年七月

笑顔の不在　『ぎふ文化』二〇〇八年九月

小島さんの詩心　『ぎふ文化』二〇〇八年一一月

謎の人　『小島信夫批評集成④ 私の作家遍歴I』月報、水声社、二〇一〇年一二月

『一寸さきは闇』の頃　小島信夫『演劇の一場面』付録、水声社、二〇〇九年二月

小島さんの戦争体験　『岐阜新聞』二〇〇八年一一月五日

愛の記憶　『岐阜新聞』二〇〇八年一一月一二日

小島信夫の思い出　『季刊文科』七一号、鳥影社、二〇一七年五月

IV　四十年後の『抱擁家族』　『図書新聞』二〇〇四年七月一〇日

著者について――

青木健（あおきけん）　一九四四年、京城生まれ。作家、文芸評論家。名古屋大学法学部卒業。愛知淑徳大学非常勤講師（教授格）。一九八四年、「星からの風」で新潮新人賞受賞。主な著書に、『内なる中原中也』『朝の波』『星からの風』『なじまない水』（鳥影社）、『中原中也――盲目の秋』『中原中也――永訣の秋』（河出書房新社）、『江戸尾張文人交流録』（ゆまに書房）、編著に『いま、兜太は』（金子兜太著、岩波書店）などがある。

装幀——西山孝司

小島信夫の文法

二〇一七年一一月二〇日第一版第一刷印刷　二〇一七年一一月三〇日第一版第一刷発行

著者――青木健

発行者――鈴木宏

発行所――株式会社水声社

東京都文京区小石川二―七―五　郵便番号一一二―〇〇〇二
電話〇三―三八一八―六〇四〇　FAX〇三―三八一八―二四三七
［**編集部**］横浜市港北区新吉田東一―七七―一七　郵便番号二二三―〇〇五八
電話〇四五―七一七―五三五六　FAX〇四五―七一七―五三五七
郵便振替〇〇一八〇―四―六五四一〇〇
URL : http://www.suiseisha.net

印刷・製本――モリモト印刷

ISBN978-4-8010-0298-2